不埋没一本好书，不错过一个爱书人

古都·虹

川端康成经典辑丛

(日) Kawabata Yasunari
川端康成 著
高慧勤 魏大海 主编
高慧勤 汪正球 译

金城出版社
GOLD WALL PRESS
·北京·

图书在版编目（CIP）数据

古都;虹/(日)川端康成著;高慧勤,汪正球译.一北京:金城出版社有限公司,2023.1

（川端康成经典辑丛/高慧勤,魏大海主编）

ISBN 978-7-5155-2380-4

Ⅰ.①古… Ⅱ.①川… ②高… ③汪… Ⅲ.①中篇小说一小说集一日本一现代 Ⅳ.①I313.45

中国版本图书馆CIP数据核字(2022)第207018号

川端康成经典辑丛：古都·虹

作　　者　〔日〕川端康成
主　　编　高慧勤　魏大海
译　　者　高慧勤　汪正球
责任编辑　杨　超
责任校对　欧阳云
责任印制　李仕杰
文字编辑　叶双溢
开　　本　880毫米×1230毫米　1/32
印　　张　7
字　　数　162千字
版　　次　2023年1月第1版
印　　次　2023年1月第1次印刷
印　　刷　天津丰富彩艺印刷有限公司
书　　号　ISBN 978-7-5155-2380-4
定　　价　48.00元

出版发行　金城出版社有限公司　北京市朝阳区利泽东二路3号　邮政编码：100102
发 行 部　（010）84254364
编 辑 部　（010）64214534
总 编 室　（010）64228516
网　　址　http://www.jccb.com.cn
电子邮箱　jinchengchuban@163.com
法律顾问　北京市安理律师事务所　（电话）18911105819

目录

古都

こと

高慧勤　译

春之花

千重子发现枫树的老干上，紫花地丁含苞吐蕊了。

“哦，今年又开花了。”千重子感到了春的温馨。

在市内这方狭小的庭院里，这棵枫树显得特别大，树干比千重子的身腰还粗。树皮又老又糙，长满青苔，当然同千重子那婀娜的腰肢无可比拟……

枫树的树干，齐千重子腰际的地方，略向右弯，到她头顶上面，愈发弯了过去。而后，枝叶扶疏，遮满庭院。长长的枝梢，沉沉地低垂。

在树干曲屈处的稍下方，似乎有两个小洼，紫花地丁就长在两个洼眼里。而且，逢春必开。自千重子记事时起，树上便有两株紫花地丁了。

上面一株，下面一株，相距一尺来远。正当妙龄的千重子常常寻思：

“上面的紫花地丁同下面的紫花地丁能相逢不？这两枝花彼此是否有知呢？”说紫花地丁“相逢”咧，“有知”咧，究竟是怎么回事呢？

每年春天花开不过三五朵。可是，到了春天，就会在树上的小洼眼里抽芽开花。千重子在廊下凝望，或从树根向上看去，时而为这紫花地丁的“生命力”深自感动，时而又泛起一阵“孤寂之感”。

“长在这么个地方，居然还能活下去……”

到店里来的顾客，赞赏枫树长得美的有之，却几乎无人留意紫花地丁开花。苍劲粗实的树干上，青苔一直长到老高的地方，显得格外端庄古雅，而寄生其上的紫花地丁，自然不会博得别人的青睐。

然而，蝴蝶有知。紫花地丁开花时，千重子发现，双双对对的小白蝴蝶，低掠过庭院，朝枫树干径直飞近紫花地丁。枫树枝头也正在抽芽。带点儿红，只有一丁点儿大，把翩翩飞舞的白蝴蝶衬映得光鲜夺目。两株紫花地丁的枝叶和花朵，在枫树干新长的青苔上投下疏淡的影子。

这正是花开微阴，暖风和煦的春日。

直到白蝴蝶一只只飞去，千重子仍坐在廊下凝望枫树干上的紫花地丁。

“今年又在这老地方开花，真不容易呀。”她独自喃喃，几乎要脱口说了出来。

紫花地丁的下面，枫树根旁竖了一盏旧的石灯笼。灯笼腿上雕了一座人像。记得有一次，父亲告诉千重子，那是基督。

“不是圣母玛利亚么？”千重子当时问道，“有座大的和北野神社里供的天神像极了。”

“据说是基督。”父亲肯定地说，“手里没抱婴儿么。”

“哦，当真……”千重子点了点头，接着又问，“咱家祖上有人信教么？”

“没有。这盏灯大概是设计庭园的师傅，要么是石匠，搬来安在这儿的。灯也没什么稀罕。”

这盏基督雕像灯笼，想必是从前禁教时期造的。石头的质地粗糙易脆，上面的浮雕人像经过几百年的风吹雨打，已经毁损残破，只有头脚和身子依稀看出个形影来。恐怕当初的雕工也很简陋。长袖几乎拖到下摆处。双手似乎合十，手腕那里略微凸出，辨不出是什么形状。印象之间，与菩萨和地藏王是截然不同的。

这盏基督雕像灯笼，不知从前是为了表示信仰，抑或是用来当作摆饰，标榜异国情调。如今因其古色古香，才搬到千重子家店铺的院子里，摆在那棵老枫树脚下。倘使哪个来客发现了，父亲便说“那是基督像”。至于店里的顾客，难得有人留心大枫树下的旧灯笼。即或有人注意到，院子里竖上一二盏灯，本是司空见惯的事，谁也不会去看个仔细。

千重子的目光从树上的紫花地丁向下移，看着基督像。千重子上的不是教会学校，但她喜欢英语，常出入教会，读《新旧约全书》。可是，给这盏灯笼供花点烛，却似乎有点不伦不类。灯笼上哪儿都没雕十字架。

基督像上面的紫花地丁，令人联想起圣母玛利亚的心。于是，千重子从基督雕像灯笼抬起眼睛，又望着紫花地丁。蓦地，她想起养在旧丹波[1]瓷壶里的金钟儿来。

千重子养金钟儿，比她最初发现紫花地丁在老树上含苞吐蕊要晚得多，也就这四五年的事。在一个高中同学家的客厅里，她听见金钟儿叫个不停，便讨了几只回来。

“养在壶里，多可怜呀！”千重子说。可是那位同学却说，总比养在笼子里白白死掉强。据说有些寺庙养了好多，还专门出售金

1　旧地名，现大部分属于京都，出产瓷器。——译注（全书注释如无特殊说明均为译者注）

钟儿的崽。看来有不少同好者呢。

千重子养的金钟儿如今也多起来了，一共养了两只旧丹波壶。每年不迟不早，准在七月初一前后孵出幼虫，八月中旬开始鸣叫。

只不过它们出生、鸣叫、产卵、死亡，全在又小又暗的壶里。但是壶里可以传种，也许真比养在笼子里只活短暂的一代强。全然是壶中讨生活，壶中亦别有天地。

千重子也知道，“壶中天地”是中国古代的一个故事。说是壶中有琼楼玉宇、珍馐美酒，完全是脱离尘世的化外仙境。是许多神仙传奇中的一个。

然而，金钟儿却并非因为厌弃红尘才住进壶里的。它们虽然身在壶中，却不知所处何地，就那么苟延残喘下去。

顶叫千重子惊讶的，是要不时往壶里放入新的雄虫，否则同是一个壶里的金钟儿，繁衍的幼虫又弱又小。因为一再近亲繁殖的缘故。所以，为了避免这种情形，一般养金钟儿的人，彼此经常交换雄虫。

眼下正是春天，不是金钟儿引吭的秋天。可是，千重子从紫花地丁今年又在枫树干的洼眼里开花，联想到壶里的金钟儿，这两件事并不是毫不相干的。

金钟儿是千重子给放进壶里的。而紫花地丁又为什么会长在这样一个局促的地方呢？紫花地丁业已开花，金钟儿想必年来也会繁殖鸣叫的吧？

“难道是自然赐予的生命么……”

千重子将春风拂乱的鬓发掠到耳后。心里一面同紫花地丁和金钟儿相比较：“那么我自己呢……”

在这万物勃兴的春光里，瞧着这小小的紫花地丁的，怕也只有千重子了。

听见店里有动静，大概正在开午饭。

千重子应邀要去赏樱花，也该去梳洗打扮起来了。

昨天，水木真一打电话给千重子，邀她上平安神宫去赏樱花。真一有个同学，半个月来天天在神宫门口查票。真一听他说，眼下正是花事最盛的时节。

"好像派人专门守望在那儿似的，这消息最确实不过了。"说着，真一低声笑了起来。真一低低的笑声，声音很美。

"恐怕他会瞧见我们的。"千重子说。

"他是把门的呀。谁都得从把门的跟前过嘛。"真一又笑了两声，"你若不愿意，咱们就分头进去，到院子里的樱花下碰头好了。那儿的花即便一个人赏，也看不厌的。"

"那么，你就一个人去赏花，岂不更好？"

"好固然好，万一今晚下大雨，花事凋零，我可不管。"

"那就看落花的风情吧。"

"雨打泥污的落花，难道还有什么风情可言？这就是你所谓的落花……"

"你真坏！"

"到底谁坏……"

千重子换上一件不显眼的和服，走出家门。

平安神宫以"时代祭"[1]而著称，明治二十八年（1895），为

1 为纪念桓武天皇奠都京都，自1895年平安神宫建成以来，人们每年10月22日举行祭祀活动，在神舆前列队游行，身着各时代服饰，展示平安朝至明治年间的风俗变迁。

纪念一千多年前桓武天皇奠都京都修建的，所以殿堂不显得陈旧。据说，大门和前殿是仿当年平安京[1]的应天门和太极殿。右有橘树，左有樱花。从一九三八年，将迁都东京之前的孝明天皇，也同历代天皇一起在这里祭祀。在神前举行婚礼的人也不在少数。

最美的，莫过于一簇簇红垂樱，装点着神苑。如今真可谓“除了此地樱花，无以代表京都的春天”。

千重子走进神苑的入口，便见樱花满枝，姹紫嫣红，觉得赏心悦目。“啊，今年又看到京都的春天了。”她伫立着凝视樱花。

然而，真一在哪儿等她呢？难道还没有来不成？千重子打算找到真一后再看花，便从花丛中走下缓坡。

真一正躺在下面的草地上闭目养神，两手交叉枕在头下。

千重子万没想到，真一会躺在那儿。真讨厌，居然躺着等年轻姑娘。倒不是千重子觉得受了羞辱，或者是真一没有礼貌，而是他那么躺着就不顺眼。在千重子的生活里，难得见到睡着的男人，所以有点看不惯。

在大学校园里，大概真一也常和同学一起在草坪上，或支肘侧卧，或仰天而躺，谈笑风生。他此刻的样子，不过是一种习惯姿势罢了。

真一的身旁，坐着四五个老婆婆，摊开提盒，正悠闲自在地谈天说地。想必真一感到她们仁厚和蔼，就坐在一旁，尔后才躺了下去。

这么想着，千重子微微笑了，但面颊上也跟着飞起一片红晕。

1　即现在的京都。

她不去惊动真一，只一味站在那里。终于，抬脚从真一身旁走开了……千重子确实从未见过男人的睡相。

真一的学生服穿得整整齐齐，头发梳得光光溜溜。长长的睫毛合在一起，看来依然像个少年。可是，千重子正眼也没瞧他一下。

“千重子！”真一叫住她，站了起来。千重子陡然着恼起来。

“睡在那儿，多不雅观！过路人都看着你呢。”

“我没睡呀。我知道你来了。”

“你真坏。”

“我想，要是不喊你，看你怎样。”

“你看见我，还装睡，是么？”

“我心里在想，进来的这位小姐多幸福啊！不觉感到有些悲哀。而且，还有些头痛……”

“我？我幸福？……”

“……”

“你头痛么？”

“不，已经不痛了。”

“脸色看着不大好。”

“不，没什么。”

“简直像把宝刀。”

真一不大听人说自己的脸“像把宝刀”。千重子这么说，却还是头一次听到。

每逢别人这么说他，正是一股激情胀满他的胸臆之时。

“放心，宝刀不砍人。而且，这儿又是樱花树下。”真一笑着说。

千重子登上缓坡，往回走到回廊的口上。真一也离开草坪，跟了过来。

“这些花真想全看一遍。”千重子说。

站在回廊西口，望着一簇簇红垂樱，顿时使人感到春意盎然。这才是名副其实的春天呀！连纤细低垂的枝头，也开满了嫣红的重瓣樱花。樱花丛中，与其说是花开树上，看起来倒像枝丫托着繁花朵朵。

“这儿的樱花，我最喜欢这棵树上的。”千重子说着，带真一走到回廊另外一个拐弯处。那儿有棵樱花树，显得格外花繁叶茂。真一也站在一旁，望着那棵樱花。

“仔细看上去，颇有些女性的风韵，”真一说，“纤细低垂的枝丫，以及枝丫上的花朵，那么柔媚又那么丰满……”

重瓣樱花，朵朵都红中带紫。

“我从未想到，樱花竟这么富有女性风度。无论是色调，姿态，抑或是娇艳的风韵。”真一又说了一句。

两人离开这棵花树，向池边走去。窄窄的小径旁，摆着坐榻，上面铺着大红毡子。游客坐在那里喝茶品茗。

“千重子！千重子！”有人喊道。

幽阴的树丛里，有座叫“澄心亭”的茶室，真砂子穿着长袖和服从里面走出来。

“千重子，来帮个忙吧。我都累死了。我正在帮师傅点茶呢。”

“我这一身，只配洗洗茶杯什么的。”千重子说。

“不要紧，洗茶杯也成……反正我端出去。”

“我还有个伴儿呢。”

真砂子这才发现真一，便咬着千重子耳朵问：

“是未婚夫么？”

千重子微微摇了摇头。

“男朋友？”

又摇了摇头。

真一转身走开了。

“那么，你们就一起到茶会上来吧……这会儿正空。”真砂子这么邀请，千重子谢绝了，回头追上真一说：

“是和我一起学茶道的。人很漂亮吧？”

“平平而已。”

“瞧你，不怕人家听见。”

真砂子站在那里目送他们。千重子向她点头致意。

穿过茶室下面的小径，便是池塘。岸边那片菖蒲叶子，绿意迎人，竞相争翠。水面上浮着睡莲的叶子。

池塘的四周，没有樱花。

千重子和真一沿着池塘，向一条林荫小路走去。嫩叶的清香和着湿土的气息，溢满空中。这条林荫路又窄又短，走到尽头，豁然开朗，呈现一片池水，比方才的池塘还大。池边樱花烂漫，映在水中，照人眼明。外国游客纷纷对着樱花拍照。

池对岸的树丛里，马醉木开出朴素淡白的小花。——千重子想起了奈良。遥望对岸松树，虽然谈不上古木参天，却也婆娑多姿。倘若没有樱花，苍翠的松树也足以使人驻足流连的吧？想必不错。眼下，高洁的青松，澄明的池水，把朵朵的红垂樱映衬得格外妍媚，简直令人心醉。

真一走在前面，踩着池中的石步，这叫作“渡水”。一块块石步，圆圆的，仿佛是从牌楼柱子上截下来的。有的地方，千重子须略微撩起和服的下摆。真一扭过头来说：

“真想背你过来呢。”

“你背个试试。算我佩服你。”

这些石步，连老太婆都能踱得过的。

石步旁边，也漂浮着睡莲的叶子。快到对岸时，石旁的水面上映着小松树的倒影。

“这些石步，排列的形状，很有点像抽象派。”真一说。

“日本的庭园，不是全有点像抽象派么？醍醐寺院的杉形藓，大家也都说什么抽象抽象的，听着叫人反感……”

“诚然，那里的杉形藓，确很抽象。醍醐寺里的五重塔已经修缮完毕，就要举行竣工典礼了。去看看好吗？”

“那五重塔，也跟新金阁寺一样么？”

“想必也会焕然一新，庄严堂皇吧。尽管塔没烧掉……也是拆掉后，照原样重盖的，竣工典礼正赶上樱花盛开的时候，恐怕会人山人海。”

“要讲赏花，看了这里的红垂樱，别处的就不会再想看了。”

两人说着，走完了最后几块石步。

走完了石步，池边是片杉林。再走不多远，便上了“桥殿”。“桥殿”也者，因为桥的造型像座宫殿，实则名曰泰平阁。两侧的桥栏，犹如带矮靠背的长凳，游人可以坐在上面休憩，隔池眺望园景，或者说眺望带池塘的庭园。

坐在桥边的人，吃的吃，喝的喝，只有小孩子在桥心跑来跑去。

“真一，真一，这儿……”千重子先坐了下来，右手给真一占了个座位。

“我站着好了，”真一说，“蹲在千重子小姐脚下也行……”

“懒得理你，”千重子倏地站起，让真一坐下来，“我去买些鲤鱼的鱼饵来。”

千重子买回鱼饵，撒到池里，鲤鱼一群群聚拢来，有的跳出水面。一圈圈的涟漪漾了开来。松阴樱影，摇曳流荡。

剩下的鱼饵，千重子问真一：“给你吧？”真一默不作声。

“头还痛么？”

“不痛。”

两人在桥上坐了很久。真一脸色发青，兀自凝睇望着水面。

“想什么呢？”千重子问。

“哦，想什么？有时也会什么都不想，却觉得挺幸福！”

“在花开红树的春日……”

“不，在幸福的小姐身旁……或许也沾到点幸福？那么温婉可人而又富有朝气。”

“你说我幸福？……”千重子反问了一句。眼里忽然蒙上一层忧郁的阴影。她低垂着头，池水仿佛映上她的眼帘。

千重子站了起来。

“桥对面有棵樱花，我挺喜欢。”

“这里也看得见，是那棵吧？”

那株红垂樱，极其俏丽。尽人皆知，是棵名花。花枝有如弱柳低垂，疏密有致。走在花下，轻风微拂，花瓣飘落在千重子的肩上、脚下。

树下也有点点落花。间或也散在水面上。不过，算来怕只有七八朵的样子……

有的垂枝虽撑以竹竿，但树梢纤纤，仍一味下垂，几乎拂到地面。

繁花如锦，透过隙缝，隔池犹可望见东岸树丛之上嫩叶覆盖的一发青山。

“是东山的余脉吧？”真一问。

“是大文字山。”千重子答。

“哦，是大文字山？怎么看着那么高？”

“恐怕是站在花丛里看的缘故。”然而，千重子自己也是在花树丛中的。

两人都有些流连难舍。

那棵樱花四周的地面上，铺满了白色的粗砂。右边，松林高耸，在这座园子里可谓挺拔优雅，接着便是神苑的出口。

走出应天门，千重子说：

“我想去清水寺看看。”

“清水寺？”真一脸上的表情，仿佛是说，去这么个不足道哉的地方。

“我想从清水寺那儿看看京城的黄昏，还想看看西山上落日的霞空。”听千重子一再这么说，真一便也点头同意。

“好，那就去吧。”

“走着去好吗？”

路相当远。他们避开电车路，绕道南禅寺，出知恩院后门，穿过圆山公园，踏上一条羊肠古道，便来到清水寺前面。这时已是春日向晚，暮霭沉沉了。

清水寺的舞台上，游人只剩三四个女学生，她们的面容已经看不甚真切了。

这正是千重子最喜欢的时刻。漆黑的正殿里已点上明灯。千重子停也不停，径直走过正殿的舞台，从阿弥陀佛殿前面走进里院。

里院也有座“舞台”，是筑在悬崖峭壁上的。屋顶葺以桧树皮，檐角轻扬，舞台小巧玲珑。但这舞台是面西而坐的，朝着京城，对着西山。

市里已经灯火点点，夜色微茫。

千重子靠着舞台的栏杆，仰望西天，仿佛忘了同来的真一。真一走到她身旁。

“真一，我是个弃儿。”千重子突兀地说。

“弃儿？”

“嗯，弃儿。”

这“弃儿”二字，究竟意味着什么？难道是别有用意？真一颇感迷惑不解。

“弃儿？”真一喃喃地说，“你怎么胡思乱想自己是个弃儿！你算弃儿，那我更是弃儿了，那种精神上的……也许人人都是弃儿。一个人降生到世上，就像是被上帝抛到人间一样。”

千重子的侧脸，真一望过去，隐隐约约好像染上一层暮色似的。也许是春宵恼人，她才凄然不乐？

“正因为是上帝之子，所以抛弃在前，拯救在后……”

真一的话，千重子似乎没有听进去，只管俯瞰灯光灿然的京城，对他看都不看一眼。

看到千重子这种莫名的悲哀，真一不觉抬起手来，往她肩上放去。千重子把身子一闪，说道：

“别碰我这个弃儿。”

“明明是上帝之子，却说是弃儿……”真一的声音提高了一点说。

“别说得那么玄……我才不是什么上帝的弃儿，实在是为人间父母所遗弃的孩子。”

“……”

“是个扔在铺子外面格子门前的弃儿。”

“你胡说什么呀！”

“真的。这种事告诉你也没用……”

“……”

“从清水寺这儿，望着暮色中广漠的京城，我心里想，自己果真是出生在京城的么？”

“看你说的。简直是发神经……”

“我干吗要瞎说呢？”

“你难道不是批发商的掌上明珠么？独生女就爱想入非非。”

“当然，他们疼我。如今弃儿不弃儿也没什么要紧，可是……”

“你说是弃儿，有什么根据么？”

“根据？铺子外面的格子门就是根据。古老的格子门，知道得最清楚。”千重子的声音愈发清朗悦耳，“记得上中学时，母亲把我叫去，告诉我说：‘千重子，你不是我亲生的。我看到一个可爱的婴儿，就抱了乘上车，一溜烟逃回了家。’不过，在什么地方偷抱的，父亲和母亲有时不留神，说法互有出入。一个说在祇园的夜樱下，一个说在鸭川边上……要是照实说，我是给扔在店门前的弃儿，他们准是觉得我太可怜，才这么说的……”

“哦，那你不知道生身父母是谁么？”

“现在的父母很疼我，我也就无意再去打听生身父母了。也许他们早已成为仇野墓场里的孤魂野鬼了。石冢已经陈旧不堪……”

春日的融融暮色，宛如一片淡红的云霞，从西山一路笼罩过去，遮蔽京都的半边天空。

真一简直难以置信，千重子会是一个弃儿，更不消说是偷来的孩子。她家在古老的批发商街上，到附近一打听就能知道。当然，眼下真一还没打算要去查个明白。他感到迷惘，并想知道，千重子为什么要在此时此地告诉他这些话。

难道说，约他真一到清水寺来，就是为了说这事的？千重子的声音更加清越明澈了。语调优美，透出刚毅的韵味。看来并非是向真一诉苦。

想必千重子隐隐约约知道，真一在爱她。莫非千重子的告白，是为了叫所爱的人知道自己的身世不成？真一听着又不像。不如说，正相反，言外之意是她压根儿就拒绝他的爱。然而，即便“弃儿”一说是千重子编造的也罢……

真一心里寻思，在平安神宫里，他几次说千重子“幸福”，她的话要是用来反驳他，那就好了。真一想试探一下。

“你知道自己的身世以后，感到失望没有？伤心了么？”

“不，一点都不失望，也没伤心。”

“……”

“只是我提出要上大学的时候，父亲说，一个要继承家业的女孩儿，上什么大学！反倒误事。还不如好好学学做生意。听了父亲的话，我当时才有些……”

“是前年的事吧？”

“是啊。”

“你对父母总百依百顺吗？”

“嗯，百依百顺。”

“婚姻大事也如此？”

“嗯，目前还是这么打算。”千重子毫不犹豫地答道。

“难道就不考虑你自己，不考虑个人的感情么？”真一问。

“考虑得简直过分，为此都苦恼不堪。”

“你想压制自己，扼杀自己的感情么？”

“不，没的话。”

“你尽说谜一样的话。”真一轻轻一笑，声音有些颤抖。他把身子探出栏外，想窥探千重子的脸色，“我要看看这个谜一样的弃儿的尊容。”

“恐怕太暗了。”千重子这才把脸转向真一，目光闪闪。

“怪吓人的……”千重子抬眼望着正殿的屋顶，上面的桧树皮葺得厚厚的，显得又重又暗，逼仄过来，阴森可怖。

尼姑庵与格子门

千重子的父亲佐田太吉郎，三四天前来到嵯峨[1]深处，住进一座尼姑庵里。

庵主已经六十五岁开外。这座小小的尼姑庵，虽然地处古都，又是名胜，但是庵门隐没在竹林丛中，几乎无人观光，如今颇为萧条冷清。厢房里难得举行什么茶会，也称不上是有名的茶室。庵主常常外出传授插花之道。

佐田太吉郎在尼姑庵租了一间屋子，他这一向的境遇，恐怕也跟这座尼姑庵相似。

佐田开了一爿绸缎批发店，坐落在京都的市中心，周围的店家大抵都成了股份公司，佐田的铺子形式上也是股份公司。不用说，太吉郎是老板，一应业务都托付掌柜（现时叫专务董事或常务董事）。店里还保留不少从前老店的规矩。

太吉郎年轻时就有一种名士派头，性情落落寡合。至于把自己染织的作品拿去办个个人展览什么的，他丝毫没有这类雄心。即使展出，对时尚来说恐怕也过于新奇，难以售脱。

父亲太吉兵卫并不干预，由着太吉郎自己画去。要画趋附潮流

1 京都市西北角的名胜地，隔大堰川与岚山相对，有清凉寺、天龙寺、大觉寺等著名古刹。

的图案，店内有的是图案设计师，店外也不乏各类画家。可是，太吉郎没有多少天赋，设计也没有多大长进，只好借助麻药的药劲，在绸料上画些怪诞的花鸟图案。等到发现他这样我行我素的时候，才赶紧把他送进医院。

太吉郎这一代当令之后，他设计的花样已经没什么稀罕的了。于是，他感到悲哀，有时独自躲进嵯峨的尼姑庵里，为的是能获得设计方面的灵感。

战后[1]，和服的花样有显著变化。他想，当年靠麻药的药劲画出的花样，如今再拿出来，说不定既新鲜又抽象。然而，太吉郎已是年过半百的人了。

"干脆采用古典图案，也许行得通？"太吉郎有时自言自语地说，眼前不禁浮现出以往各种款式的精品。古代衣料和旧时和服的花样与色调，全在他的脑海里。当然，太吉郎有时也到有名的园林和山野去写生，画些和服图案。

中午时分，女儿千重子来了。

"爸爸，您尝尝森嘉老店的烫豆腐吧。我给您买来了。"

"唔，好极了……有森嘉的烫豆腐可吃，当然高兴，可是千重子来了，我更高兴。索性待到傍晚再回去吧，让爸爸脑子也休息休息，说不定倒能想出个好图案来……"

当绸缎批发商本无须乎设计图案，再说，这样也耽误做生意。

可是，太吉郎的店里，面向竖着基督雕像灯笼的院子，靠近客厅的后窗下，摆了一张桌子，有时太吉郎一坐就是半天。桌子后

1　指第二次世界大战之后。

面，两只古色古香的桐木衣柜里，放着中国和日本的古代衣料；衣柜旁边的书箱里，塞满了各国纺织品的图案。

后院的厢房当仓库用，二楼存放着相当多的能乐[1]戏装和武士家妇女穿的礼服，保管得还很完好。南洋各国的印花布也不在少数。

有些衣料是太吉郎的父亲，甚至祖父收集来的，要是举办什么古代衣料展览，别人要太吉郎展出时，他会毫不客气地拒绝说：

“先祖立下的规矩，舍下的东西概不出门。”话说得很生硬。

房子是京都那种老格局。去厕所要经过太吉郎桌旁那条狭窄的走廊。他尽管皱皱眉头，也终于不说什么。一旦店堂那边人声嘈杂，他马上厉声喝道：

“不能静一点吗？”

于是掌柜进来，两手扶着席子说：

“是大阪来的客人。”

“他不买算了，批发店有的是嘛。”

“是从前的老主顾……”

“买衣料得凭眼力。光用嘴巴，岂不等于没长眼睛吗？虽然咱们柜上便宜货很多，但行家一看就知道好坏。”

“是的，是的。”

太吉郎从桌下到坐垫下，铺着一条有点来历的外国毛毯。四周挂着南洋名贵的印花布幔帐。这还是千重子想的主意。挂上幔帐，多少可以挡一下铺子里嘈杂的声音。千重子常常换挂幔帐，每当更换之时，父亲心里深感千重子的体贴，同时解释说，这帐子是爪哇的咧，波斯的咧，某朝某代的咧，什么图案咧，等等。说得很详

1　日本的一种古典戏剧。

尽，可是有时千重子听了不甚了了。

“用来做手提袋，太可惜；做点茶用的小绸巾，又太大了。要是做腰带，倒可以裁成好几条。”有一次千重子打量着幔帐说。

“去拿把剪刀来。”太吉郎说。

父亲果然手巧，用那把剪刀，竟将印花布幔帐剪成了几幅。

“来，给你做腰带，不错吧？”

千重子一怔，眼睛都湿润了。

“爸爸，这是怎么说的！”

“很好，很好。你要是系上这条腰带，爸爸也许能想出个新图样来。”

千重子到嵯峨的尼姑庵来，系的就是这条腰带。

不用说，女儿系着这条印花布腰带，太吉郎一眼就看见了，但却佯装视而不见。父亲寻思，就印花布的图案来说，一朵朵大花很漂亮，颜色也浓淡有致。但给豆蔻年华的女儿做腰带用，究竟好不好呢？

千重子把半月形的食盒放在父亲面前说：

“这就吃么？那您等等，我先把烫豆腐预备好。”

“……”

千重子趁站起来的当口，回头瞥了一眼门外的竹林。

“已是竹叶枯黄的三月天了。”父亲说，“土墙也倒的倒，塌的塌，光秃秃的，就跟我这个人似的。”

千重子听惯了父亲这种说道，也不去安慰他，只是重复了一句：“竹叶枯黄的三月天……”

“来的路上樱花怎么样了？”父亲轻声问道。

“也落英缤纷了，有的花瓣飘在池子里。山上的绿树中间，还有一二棵没有凋谢，一路上走来，远看着，反而更美。”

“嗯。”

千重子走进里屋，太吉郎听见她切葱削木鱼。一会儿端着煮豆腐的家什“樽源”进来，这些都是从家里带来的家什。

她悉心伺候着。

“你也来尝尝，怎么样？”

“嗳，好的……”千重子答应着。

父亲打量着女儿，从肩头看到身上，说道：

“太素了。你尽穿我设计的和服了。也许只有千重子一个人才肯穿这些店里卖不掉的东西……”

“我喜欢，您就让我穿好了。”

“实在太素了。”

“素倒是素……”

“年轻姑娘穿素点倒也不坏。”父亲的口气忽然严正起来。

“看见我这么穿，人家都夸说好看呢。”

父亲默不作声。

设计图案，现在成了太吉郎的兴趣和爱好之所在。尽管是批发店，现在也搞些零售，太吉郎画的花样，掌柜还是看老板的面子，才印上两三块。其中一块，一向是千重子主动做来穿的。料子倒很考究。

“不要尽穿我设计的，”太吉郎说，“也别尽穿店里的……不必顾这个情面。”

“情面？”千重子一怔，“我可不是为了顾什么情面。”

“千重子要是穿着漂亮起来，那准是有了意中人了。”父亲高声笑道，脸上却没什么表情。

千重子侍候父亲吃烫豆腐时，自然会看见父亲的大桌子。桌上，供印染用的画稿之类一件都没有。

桌子的一角，只摆着江户产的描金文房四宝盒和两本高野帖临摹本。

千重子寻思，父亲住到尼姑庵里来，难道是为了忘记店里的生意么？

“我算是活到老学到老了。”太吉郎自我解嘲般地说道，“不过，藤原体的假名[1]，线条流利。用于画花样并非无益。”

“……”

“说来可叹，手开始发抖了。”

“要是写大一点呢？”

“是写得挺大的……”

“文具盒上的那串旧念珠，是哪儿来的？”

“哦，那个么？我无意中和庵主提了一句，便送给我了。”

“爸爸戴上可以拜佛了。”

“用现在的话来说，可算是mascot[2]了，有时真恨不得把珠子放嘴里咬碎。”

“哟，那多脏呀。长年的手垢，还不脏吗？”

“脏什么！传了二三代尼姑，一片虔诚，哪里会脏。”

千重子觉得触到了父亲的隐痛，便默不作声，低头收拾吃烫豆

1 日本字母称为假名。

2 英文：吉祥物，如意。

腐的家什，搬到厨房去。

“庵主呢？”千重子从里屋出来问。

“已经回来了吧。你打算做什么呢？”

“想去嵯峨走走再回去。这个季节，岚山人太多。我喜欢野野宫，二尊院的幽径，还有仇野这些地方。”[1]

“你年纪轻轻，就喜欢这等去处，日后真叫人不放心。千万别像我似的。”

“女人哪能跟男人一样！”

父亲站在廊檐下，目送千重子出去。

不久，老尼姑回来了，随即动手打扫院子。

太吉郎坐在桌前，脑海里浮现出宗达和光琳两位画家画的蕨菜和春天的花草，心里想着刚走的千重子。

一走上乡间小路，父亲遁迹的尼姑庵便完全给遮蔽在竹林里了。

千重子打算去仇野的念佛寺，便登上古旧的石头台阶，一口气走到左面悬崖上的那两尊石佛前。听到上面人声嘈杂，她便收住脚步。

几百座倾圮的石冢，通称无缘佛[2]。这一向，常举行摄影会之类，让一些遍体轻罗薄纱、奇装异服的女人，站在这些低矮的石冢之间拍照。想必今天又在弄这些名堂？

千重子便在石佛这里转身下了石阶，想起方才父亲的一席话。

---

1 野野宫，在嵯峨，为日本中古时期未婚的内亲王或皇族女子斋戒期间寄寓的宫殿；二尊院，位于京都右京区，为一所天台宗寺院；仇野为爱宕山下的基地，在嵯峨深处。

2 死后无人祭祀的荒冢。

即便是为了规避岚山的春游客，跑到仇野和野野宫这种地方来，确也不像年轻姑娘的做法。这比穿父亲设计的素色和服更加过分……

“爸爸在尼姑庵里似乎什么也没做。”千重子心里感到一阵凄凉，“他嘴里咬着有手垢的旧念珠，心里在想什么呢？”

千重子知道，父亲有时恨不得把念珠咬碎的心情，以前在店里是强压着的。

“还不如咬自己的手指呢……”千重子喃喃说道，摇了摇头，想把心思转到和母亲一起到念佛寺撞钟的往事。

那座钟楼是新建的。母亲身材矮小，怎么撞也不大响。

“妈，您先吸口气。”说着千重子把手掌和母亲的合起来，一起敲钟，钟声轰鸣。

“真的。能传多远呢？”母亲高兴地说。

“您瞧，和尚敲惯了，同他们不一样吧？”千重子笑着说。

千重子心里一面想着这些往事，一面从小路朝野野宫方向走去。这条小路，不久前竖了块牌子，上写：“通向竹林深处”。原先颇为幽暗僻静，现在也豁亮起来了。宫门前的小卖店里，也响起叫卖声。

但是，野野宫依旧不改其简朴幽静。《源氏物语》一书里也写道，官居伊势神宫[1]的斋宫内亲王，以清净无垢之身，在此斋戒三年，所以，这儿是神宫古迹。牌楼是用带树皮的黑木做的，篱笆低矮，野野宫即以此而知名。

从野野宫往前走，出了荒村野径，地势豁然平阔，便到了岚山一带。

1　位于三重县伊势市，为日本皇室的宗庙。

在渡月桥前，松阴夹岸，千重子乘上了公共汽车。

“爸爸的事，回去怎么说好呢……虽然妈心里透亮……”

明治维新前，中京区的市房，在一七八八年和一八六四年那两次大火中，给烧掉了许多，太吉郎家的店房也未能幸免。

所以，尽管这一带的店铺还保留格子门和二楼小木格窗这些京都古风，实际上都还不到一百年。只有太吉郎家后面的仓库，据说未遭大火……

太吉郎家的铺面，格局至今原封未动，没去赶时髦，这或许同主人的人品有关，但也可能是批发生意不大兴隆的缘故。

千重子回来，打开格子门，里面便一览无余。

母亲繁子正坐在父亲一向坐的那张书桌前抽烟。左手支颔，微弯着背，仿佛在看书写字，可是桌子上什么也没有。

“我回来了。”千重子走到母亲身旁说。

“噢，你回来了。累了吧？”母亲矍然一惊，回思过来，说道，“你爸他好吗？”

“嗯。”

千重子在回答之前先说道：

“我给他买了豆腐。”

“是森嘉的么？你爸该高兴了吧？做烫豆腐了？”

千重子点了点头。

“岚山怎么样？”母亲问。

“人多极了……”

“没叫你爸陪你去岚山么？”

“没有。那会儿庵主不在家……”

隔了一会儿，千重子才回答说：

“爸爸好像在练毛笔字。”

“练字？”母亲并未显得意外，“练字可以涵养身心，我也想练呢。”

千重子望着母亲白皙端正的面孔，看不出她内心有什么波动。

“千重子，”母亲平静地叫她，“千重子，你要是不愿继承这份家业也成……”

“……”

“想嫁人就嫁人。”

“……”

“你听见没有？”

“您干吗说这些呀？”

“三言两语也说不清，反正妈也过五十了，想到了，便跟你说说。”

“咱们要是把铺子索性关了呢？”千重子俊美的眼里噙满了泪水。

“你一下子想到哪儿去了……”母亲微微一笑。

“你说把生意歇了，心里真的这么想吗？”

声调不高，母亲严肃问道。千重子刚才看到母亲微微一笑，难道看错了？

“真的是这么想的。”千重子回答。心中觉得一阵悲酸。

“又没生气，别那么哭丧着脸。你说这话的年轻人，和我听这话的上年岁的人，两人之间真不知究竟谁该伤心。”

“妈，您原谅我吧。”

“什么原谅不原谅的……”这回母亲真的微笑了，“妈方才和你说的，也不大合适……”

“我懵懵懂懂的，自己也不知说了些什么。”

“做人——女人也一样，说话不能见风转舵。”

“妈。”

“在嵯峨跟你爸也说这些了么？”

“没有，跟爸爸什么都没说……”

“是么？跟你爸可以说说。你就跟他说吧……他一个男人家，听了面子上要发火，可心里准高兴。”母亲扶着前额，又说，“我坐在你爸这张桌子跟前，就是在想他的事来着。”

“妈，那您全知道？”

“什么？”

母女两人默然有顷，千重子忍不住问：

“该准备晚饭了，我到锦街菜市去看看，买些菜吧？”

“那敢情好，你就去一趟吧。”

千重子站起身，朝店堂走去，下了地。这块泥地，本来没铺木板，又细又长，直通到里面。朝店堂的一面墙边，安了几个黝黑的炉灶，那儿是厨房。

这些炉灶如今已经不用了。炉灶改装成煤气灶，地上铺了地板。倘若像原先那样的灰泥地，四处通风，到了十冬腊月，京都的严寒，也是砭人肌骨，令人难耐的。

不过，炉灶一般都没拆毁。很多人家还都留着。大概是因为信奉司火的灶王爷（灶神）的人，相当普遍。炉灶的后面，供着镇火的神符，摆着七幅神之一——大肚子布袋神。每年二月的头一个午日，去伏见的稻荷神社逛庙会时，都要请回一尊布袋神，直到请回七尊为止。逢到家有丧事，便又从第一尊起，重新请全。

千重子家的店里七尊都供上了。因为全家只有父母和女儿三口人，最近十年八年里又没有死过人。

这排灶神的旁边，放着一只白瓷花瓶，隔上两三天，母亲便换一次水，把佛龛擦得干干净净。

千重子提着菜篮刚出门，前后只差一步路的工夫，见一个年轻男子走进自家的格子门。

“银行里来的人。”

对方似乎没看到千重子。

千重子觉得，这个年轻的银行职员常来，不必那么担心，但是，她的脚步却颇为沉重。她挨着店前的木格子，一边走，一边用指尖轻轻在木格上一格一格滑过去。

走到木格子尽头，千重子回头看了看店铺，再仰起头来望过去。

她看见二楼小格子窗前那块旧招牌。招牌上面有个小小的檐子，似乎是老字号的标志，也像是一种装饰。

春日和煦，斜阳射在招牌陈旧的金字上，有种凝重之感，看上去很凄凉。门外挂的厚布招帘，也已经发白，露出了粗粗的线脚。

“唉，即使是平安神宫里的红垂樱，以我这样的心情看去，恐怕也会是落寞萧索的吧。”千重子加快了脚步。

锦街菜市照例是熙熙攘攘。

回来时，快到店门前，看到卖花女站在那里，千重子先打招呼说：

“顺便到我家坐坐吧？”

“哦，谢谢您了。小姐，您回来了？真碰巧……”姑娘说，“您上哪儿去了？”

“去锦街菜市了。”

“那您辛苦了。”

“啊，供佛的花……”

“是呀，每次都承您照顾……您瞧，中意么？”

说是花，其实是杨桐。说是杨桐，不过是嫩叶。

每逢初一十五，卖花女总送些花来。

“今儿个小姐在，真是太好了。”卖花女说。

千重子挑有绿叶的嫩枝，感到满心欢喜。手上拿着杨桐枝，进门便喊：

“妈，我回来了。”千重子的声音听着很开朗。

千重子又把格子门打开一半，朝街上望了望，见卖花女依旧站在那里，便招呼说：

“进来歇会儿再走，喝杯茶。”

“嗳，那可谢谢了。您待人总这么和气……”姑娘点头答道，进门递上一束野花，“这点野花，也没什么好看……”

“谢谢，我就喜欢野花，难为你还记得……”千重子打量着山上采来的野花。

走进厨房，灶前有口古井，盖着竹编的盖子。千重子把花束和杨桐枝放在竹盖上。

“我去拿剪刀。对了，杨桐枝和叶子得洗净才行。”

“剪刀我这儿有。”卖花女说着拿剪刀空剪了几下，“府上的灶神总那么干净，我们卖花的可真得谢谢您。”

“是妈妈的习惯……”

“我以为是小姐您……”

“……”

“近来很多人家家里，灶君、花瓶和水井，都积满灰尘，脏得很。卖花的见了，心里总不好受。到了府上，就觉得宽心，挺高兴。”

“……”

然而，最要紧的，是生意日渐萧条，这情况自然不便跟卖花女说。

母亲依然坐在父亲那张桌子前。

千重子把母亲喊到厨房，把买来的菜拿给她看。母亲看女儿从菜篮里一样一样拿出来放好，心里一面思忖，这孩子也变得俭省起来了。也许是父亲住到嵯峨的尼姑庵里不在家的缘故……

“我也帮帮你吧。”说着母亲也留在厨房里，“方才来的，是平时那个卖花的么？”

“是呀。”

“你送给爸爸的画册，在嵯峨的尼姑庵里不在？”母亲问。

“这我倒没留意……”

“爸爸只带你送他的那些书走的。”

那全是保罗·格雷、马蒂斯、夏加尔这些现代名家的抽象画集。千重子想，这些画也许能唤起新的感受，便给父亲买了来。

“咱们这店，你爸什么都不画也不要紧。外面染织什么，我们就卖什么也行。可你爸他……”母亲说道。

“不过，千重子，你尽穿图样全是你爸画的衣裳，妈得谢谢你呢。”母亲接着说。

“谢什么呀……是喜欢才穿的。”

“你爸爸见女儿穿这衣裳，系这腰带，说不定心里会难过。”

“妈，衣裳虽然素一点，但细看之下，就会觉得趣味高雅，有人还夸奖哩。”

千重子想起，这话今天跟父亲也说过。

“女孩子长得俊，有时穿素倒更合适，不过……”母亲揭开锅盖，用筷子翻了翻菜，往下说道：

“那种花哨的时兴花样，也不知怎的，你爸爸他现在竟画不出来了。”

“……”

“不过，从前他画的花样倒挺鲜艳，挺别致的……”

千重子点了点头，然后问：

“妈怎么不穿爸爸画的和服？”

“妈已经上了年纪……”

“上年纪，上年纪，您才多大岁数呀！”

“是上了年纪了……”母亲只说了这么一句。

“那位小宫先生，好像是叫作人才国宝吧，他画的江户小碎花，年轻人穿着倒挺相称，蛮醒目的。过路人都要回头去瞧瞧。”

“小宫先生本事多大呀，你爸哪能跟人家比。”

“爸爸的精神气质……”

“越说越玄了。”母亲白皙而具有京都风韵的脸为之一动，“不过，千重子，你爸也说过，他要设计一件又鲜艳又华丽的和服，给你结婚时穿……妈早就盼着那一天呢……”

“我的婚事？”

千重子神色有些黯然，沉默了半晌。

“妈，您这一生里，什么事最叫您神魂颠倒？”

“以前也许告诉过你，就是跟你爸结婚的时候，还有同他一起把你偷回来那次。当时你还是个小宝贝。也就是偷了你，乘车逃回家那会儿。虽然已经时隔二十年，可是至今想起来，心里还怦怦直跳。千重子，你摸摸妈的心口看。”

“妈，我是给人家抛弃的孩子吧？”

“不是，不是。”母亲用力摇着头说。

“人一辈子里难免会做上一两件坏事。”母亲接着说道，“偷小囡，比偷钱偷什么都罪孽深重。说不定比杀人还坏。”

“……”

“你的生身父母准会伤心得发疯。一想到这儿，恨不得马上把你送回去。可是，送也送不回去了。除非你想找自己的父母，那就没法子了……真要那样，说不定我这个当妈的就会死的。”

“妈，您别说这些了……千重子的母亲，只有您一个，我从小到大，心里一直这么想的……”

“我知道。可是这就越发加重了我们的罪孽……我和你爸两个，早打算好了，准备下地狱。下地狱算什么，怎能抵得上眼前这么可爱的女儿。”

母亲情辞激切，一看已是泪流满面。千重子也泪眼模糊地说：

“妈，告诉我真话。我是弃儿吧？”

“不是，我说过不是嘛……”母亲又摇了摇头，“你为什么总以为自己是弃儿呢？”

“爸和妈两人会偷孩子，我想不通。”

“方才我不是说过么，人一辈子里难免会神魂颠倒，干上一两件坏事的。”

“那您是在哪儿捡到我的？”

“晚上在祇园的樱花下面。”母亲一口气往下说，“原先也许告诉过你。樱花树下的凳子上，躺着一个可爱的小宝宝，看见我们两人走来，便笑得像朵花儿似的。我禁不住抱了起来，心里猛然揪紧，简直受不住了。贴着她的小脸蛋，看了你爸爸一眼。他说，繁子，把这孩子偷走吧。我一愣。他又说，繁子，逃吧，赶紧走。后来就糊里糊涂抱着走了。记得是在卖山药烧鳕鱼的平野居那儿乘的车……”

“……”

“小囡的妈大概刚走开，就趁了这工夫。”

母亲的话未必不合情理。

“这也是命……打那之后，千重子就成了我们的孩子了，说话也有二十个年头了。对你说来，不知算是好事还是坏事。即便是好事，我良心上也过不去，心里总在祈求你原谅。你爸也准是这样想的。”

“是好事，妈，我认为是好事。”千重子双手捂着眼睛。

捡来的孩子也好，偷来的孩子也罢，在户籍上千重子的的确确是佐田家的嫡亲女儿。

第一次听到父母告诉她，说她不是他们的亲生女儿，千重子丝毫也不当真。那时千重子正在念中学，甚至怀疑自己有什么地方不讨父母喜欢，他们才故意这么说的。

恐怕是父母担心邻居会把这事传给千重子听，便先说在头里？要不然是看到千重子孝顺懂事的缘故？

千重子当时的确吃了一惊，但并没怎么伤心。即或后来到了青春期，也没有为这事多所烦恼。对太吉郎和繁子，依然孝顺，照旧亲近。这并非她故作洒脱才不介意，多半是天性使然吧。

但是，既然千重子不是他们的亲生女儿，那么，她的生身父母总该在一个地方吧。说不定还有兄弟姐妹。

“倒不是想见他们，说不定……”千重子寻思道，“生活会比这儿苦……”

究竟如何，千重子当然不得而知。倒是身居这格子门后的深宅大院，父母的隐忧不觉更让千重子揪心。

在厨房里，千重子捂住眼睛也为的是这个。

“千重子！”母亲扳着女儿的肩头，摇了摇说，“从前的事就别再打听了。人生在世，不知何时何地，说不定会落下一颗珍珠宝贝来。”

“要说珍珠，真是颗大珍珠，要能给妈打个戒指多好……”说着，千重子又麻利地做起活来。

晚饭后归置好，母女两人上了后楼。

临街有小格子窗的楼上，天花板很低，房间比较简陋，伙计们便睡在那里。中间天井旁边有一条廊子直通后楼，从前面店堂里也可走过去。来的大主顾，多半在后楼设宴或留宿。一般的主顾如今则在朝天井的客厅里洽谈生意，客厅与店堂相连，一直通到里面。客厅里，两侧的架上堆满了绸缎。开间又深又阔，便于摊开衣料仔细打量。屋里常年铺着藤席。

后楼的天花板较高，有两间六张席的房间，做父母和千重子的起坐间及卧室。千重子坐在镜台前解开头发，把娟秀的长发梳理得齐齐整整的。

“妈！”千重子隔着纸拉门喊母亲，声音里透着复杂的感情。

和服街

京都作为一个大都会，可谓树木青翠，秀色可餐。

且不说修学院离宫和皇宫内的松林，古寺庭园里的树木，即便是木屋町和高濑川畔，或五条和堀川等地夹岸的垂柳，虽在市内，游人也会立即被吸引住的。那是真正的垂柳。绿枝低垂，几欲拂地，十分娇柔。北山峰峦圆浑，连绵起伏，山上的红松也都郁郁葱葱。

尤其眼下时值春天，东山上的嫩叶青翠欲滴。晴空朗日，望得见睿山上的新叶，绿意油油。

树青叶绿，大概是因为城市清洁，而城市清洁，想必是打扫彻底的缘故。走入祇园深处的小巷，尽管房舍低矮，古旧阴暗，道路却干干净净。

专做和服的西阵那一带也如此。小商店鳞次栉比，看起来很寒酸，路面倒也不脏。门窗上的格子很小，没有什么灰尘。植物园里也是这样，地上没有果皮和纸屑。

美军在植物园盖了房屋，当然日本人不准入内，等军队一撤出，便又恢复了原样。

植物园里有条林荫路，西阵的大友宗助很喜欢。路两旁全是樟树。樟树不大，路也不长，他常在这条路上散步，尤其当樟树抽芽的时节……

“那些樟树不知长得怎么样了？”听着织机的轧轧声，宗助心里有时这么想。美军未必会砍掉吧？

他在等植物园重新开放的一天。

出了植物园，再到鸭川的堤岸上走走——这是宗助散步时惯走的路。有时也去眺望北山的风光。大抵都是独自一个人去。

到植物园和鸭川走一转，宗助至多用上一个小时。这样的散步真叫他怀念。此刻，他正这么思量着，妻子来招呼他说：

“佐田先生来电话了，好像是从嵯峨打来的。”

“佐田先生？从嵯峨打来的？”宗助朝账房走去。

织锦匠大友宗助和批发商佐田太吉郎两人，宗助小四五岁，除了生意上的交谊外，彼此性情颇相投合。年轻时，他们就是“老交情”了。可是近来，多少有些疏远。

“我是大友，好久不见了……”宗助接电话说。

“啊，大友先生！”太吉郎的声音少有地透着兴奋。

“你上嵯峨了？”宗助问。

“一个人悄悄躲在嵯峨一座冷清的尼姑庵里。”

“那太令人不解了。”宗助的措辞故示客套，“尼姑庵也有各种各样的呢……”

“哪里，这儿是真正的尼姑庵……只有一个上年纪的庵主……”

“那好哇。只有一个庵主，你就可以和年轻姑娘……”

“别信口雌黄。”太吉郎笑着说，“今天有件事想求你。”

“唔，唔。”

“我马上到你府上来，你看方便不方便？”

“方便，方便，”宗助疑惑地说，“我这儿走不开。机器声，想来你电话里也听得见。”

“不错，是机器声。叫人怪想念的。”

“瞧你说的，机器要是停掉，那我怎么办呢？同你到尼姑庵觅静，可大不一样呀。”

不到半小时，佐田太吉郎便乘车到了宗助的店里。目光熠熠，赶紧解开包袱。

“这个想拜托你一下……”说着，打开画好的图样。

“唔？”宗助望着太吉郎说，“是腰带呀。这在你，真够新颖华丽的了。哼，是给藏在尼姑庵里的人儿的吧……”

“又来了……”太吉郎笑着说，“是给女儿的。”

“哼，织出来，要不叫令爱大吃一惊才怪。首先，她肯系这条带子么？”

“其实是千重子送了我两三本格雷的大画册。”

“什么格雷格雷的……”

“是个画家，听说是什么抽象派的先驱。都说他的画典雅，格调高，带种梦幻色彩，与我这个日本老人的心境倒很相通。在尼姑庵里，我一再揣摩，结果设想出这么个图案来。恐怕完全脱离了日本古代衣料设计的路子。”

“恐怕是这么回事。”

“不知织出来什么样子，想麻烦你给织一下。”太吉郎依然兴冲冲地说。

太吉郎的图样，宗助看了一会儿说：

“嗯，不错，色彩也很调和……很好。这么新颖的图案，你还从来没设计过。不过，色调雅致了一点，织起来怕不容易。让我用心织织看吧。也许能表现出令爱的孝心，和为父的慈爱。”

“承你夸奖……近来一谈起来，便是什么idea啦，sense的。甚至连色彩都要用西洋流行的叫法。”

“那并不见得高明。”

“我顶讨厌话里夹洋文。我们日本，远从贵族王朝时代起，谈到色彩，有说不出的优雅。”

“正是，光是黑色一词，就有种种说法……”宗助点头赞同道，“虽然如此，今天我还想过，我们腰带纺织业中，也有像伊豆藏店那样的……盖起四层洋楼，俨然是现代工业了。西阵这一带迟早也会变成那个样子。一天能织五百条带子之多，不久连伙计也要参加经营，听说平均年龄才二十几岁。像我们这种手工业家庭作坊，过个二三十年，还不给淘汰殆尽？”

“胡说些什么……”

“即使能苟延残喘，唉，也够不上‘国宝’。”

“……”

“像你，还能揣摩格雷什么的。”

“叫保罗·格雷。我躲在尼姑庵里日思夜想，也有十天半月了。这带子的花样和颜色，依你看，不大和谐吧？”

“哪里，很和谐。而且，也不乏日本的风雅，”宗助忙说道，“不愧是佐田先生的手笔。就交给我吧，织出一条漂亮的腰带来。尽快做出板样，再好好织。对了，与其我织，是不是叫秀男来织更好？他是我大儿子，你见过吧？”

“见过。”

“秀男的手艺比我强……”宗助说。

“行啊，你看着办吧。我们虽然是批发店，大多是拿到地方上去销。”

“看你说的。”

“这条带子不是夏天用的，是秋季用品。希望能早些织好。”

“嗯，这我有数。配这条带子的和服呢？”

“我先只考虑带子……”

“你们批发店里，尽可拣好的挑……反正这好办，不过，你这是不是给令爱置办嫁妆啦？”

“哪里，哪里。”好像说自己似的，太吉郎脸红了。

都说西阵的手工纺织，难得三代相传。大概手工纺织，全在于工艺娴熟的缘故。父辈是出色的匠人，手艺高超，未必能传给儿子。即或儿子靠父亲的手艺，既不偷懒，又肯下功夫，也不见得能学到手。

但也有这种情形：孩子到了四五岁，就先叫他学纺线，到了十一二岁，学织机。不久，便可租机子代客加工。所以，子女多，反而能帮大人兴家立业。有的已上六七十岁的老婆婆，还能在家纺线。有些人家，祖母和孙女常相对纺线。

大友宗助家里，他的老妻便一个人在缠织带用的线。低头一直坐在那里，沉默寡言，长得比丈夫显老。

他们有三个儿子，都在高机上织腰带。家里拥有三台高机算是上好的了，有的人家只有一台，更有人租别人的。

长子秀男的手艺，正如宗助所说，比老子强，在同行和批发商中间，还小有名气。

“秀男，秀男！”宗助喊了两声，似乎没听见。和机械织机不同，这三台手工机器是木头造的，噪音倒不厉害，而宗助的喊声又很响，可是，秀男的织机最靠院子，正在织一条难织的夹腰带，大概太专心了，没有听见父亲的喊声。

“老婆子，你叫秀男过来一下。”宗助对妻子说。

“嗳。”妻子掸了掸腿，下了地。一边用拳头捶腰，一边朝秀男的织机走去。

秀男停下机杼，望了过来，没有马上站起来。也许是累了，也许是知道有客人，不便伸胳膊伸懒腰。他擦着脸上的汗水，走了过来。

“您来了，这地方很脏。”沉着脸同太吉郎打招呼。工作的劳累，已经在他脸上和身上显了出来。

“佐田先生画了一幅腰带的花样，让咱们给织一下。”父亲说。

“是吗？”秀男依旧无精打采的样子。

“这条带子可要紧呢，与其我动手，不如你来织的好。”

“是千重子小姐的带子吧？”秀男这才抬起白皙的面孔，看了佐田一眼。

身为京都人，见儿子这么冷淡，父亲宗助不得不打圆场说：

“秀男从一清早干到现在，累了……”

“……”秀男依然没作声。

“要不那么专心，干不好活……”倒是太吉郎来安慰他。

“虽然织的是蹩脚的夹腰带，脑子却还得琢磨着，请原谅。”秀男说着，点了点头。

“没什么。做手艺的，不这样不行。”太吉郎点了两下头。

“尽管东西本身不怎么样，人家可认定是我们织的，就更叫人受不了。”说着，秀男又低下头去。

“秀男！”父亲的声音变了，“佐田先生的活，和别人的可不一样。这是佐田先生躲进嵯峨的尼姑庵里，画出来的花样，不是为了卖钱的。”

“是吗？哦，在嵯峨的尼姑庵里……”

“你先看看吧。”

“唔。”

秀男语言之间，气势压人，太吉郎走进大友店的那股劲头，已不复存在。

他把花样摊在秀男面前。

“……”

“你看行吗？”太吉郎怯生生地问。

“……”秀男默默地看着。

“不行吧？”

“……”

见儿子死不开腔，宗助不得不发话道：

“秀男！你倒是说话呀！这太没礼貌了。”

“是。”秀男仍没抬起头来，“因为我也是手艺人，所以佐田先生的图案，才叫我看的。这毕竟不比平常的活儿，是千重子小姐的腰带吧？”

“不错。”父亲点头应道，觉得秀男有点反常，感到奇怪。

“是不是不行？”太吉郎又叮问一声，语气有点粗粝起来。

“挺好。”秀男平静地说，“我没说不行。”

“嘴上没说，你心里……你眼睛在说。”

“是吗？”

“什么话！”太吉郎一抬身，打了他一嘴巴。秀男没有躲闪。

“您尽管打好了，我可压根儿没认为图案不好。”

秀男的面颊也许因为挨了打，反显得容光焕发了。

秀男挨打之后，双手扶在席上道歉。也没去摸摸发红的半个脸。

“佐田先生，请您原谅。”

“……”

“虽然惹您生气，这条带子还是让我来织吧。”

“唔？本来就是求你们才来的。”

太吉郎竭力使心情平静下来，“我还得请你原谅。上了年纪，才真的不成话。打人打的手生痛……”

“把我的手借给您打就好了。织工的手皮厚。”

两人都笑了。

但太吉郎心里仍存着一丝芥蒂。

“不记得有多少年没动手打人了……这回，只要你能原谅，就算了。只是我想问问，你看我这条带子的图案时，表情好不古怪，究竟是什么道理？老实告诉我行吗？”

“哦。”秀男的脸色又一沉，“我年纪太轻，只是个做手艺的，说不大清楚。您不是说，这是在嵯峨的尼姑庵里画的么？”

“不错。今天我还得回尼姑庵去。说来刚半个月光景……”

“不要去了。”秀男坚执地说，“您搬回家吧。”

“家里心静不下来。”

“就拿这条带子说吧，华丽，鲜艳，十分新颖。我感到惊奇，心想，佐田先生究竟是怎么画出来的？于是，再仔细一瞧……”

“……”

“猛一眼看上去，觉得很精彩，但是缺少内在的和谐温暖，不知怎的，略嫌火爆，带点病态……”

太吉郎脸色发白，嘴唇哆嗦着，说不出话来。

“当然，不论尼姑庵有多荒凉，总不至于有狐狸、黄鼠狼什么的，附在佐田先生身上……”

“唔。”太吉郎把画稿拉到自己跟前，凝神审视着。

“嗯……说得有道理。年纪不大，倒很有见地。谢谢你……我再仔细琢磨琢磨，重画一张试试。”太吉郎连忙卷起画稿，揣进怀里。

“不用重画，这样就很好，织出来效果会不同的。再说画笔和丝线的颜色也……”

“多谢，多谢。秀男，这张图样，你难道能织成暖色的，用以表示对我女儿的爱吗？”

说完，太吉郎慌慌张张地告辞走出大门。

门口便是一条小溪，是地道的京都式的小溪，岸边的草也古风依然，蘸着水面。溪边的白墙大概是大友家的。

太吉郎在怀里把腰带的画稿揉成一团，掏出来扔进小溪里。

繁子突然接到丈夫从嵯峨打来的电话，要她带女儿去御室[1]赏花，正在疑惑之间。她从未和丈夫一起去赏过花。

“千重子！千重子！”繁子求救似的叫女儿，“你爸来的电话，快来接一下……”

千重子过来，手搂着母亲的肩膀，接过听筒。

1　又名仁和寺，在京都市内，为观赏樱花的胜地。

“好的，叫妈也来。您就在仁和寺前的茶馆等我们好了。好的，我们尽快赶去……”

千重子放下听筒，看着母亲笑道：

“不就是叫咱们赏花去么，妈，您可真是的。”

“何苦把我也叫去！”

“御室的樱花，这几天开得正盛……”

千重子催促三心二意的母亲，一起走出店门。母亲仍然满腹狐疑。

城里的樱花，数御室的有明樱和八重樱开得迟。算是同京都的樱花最后惜别吧。

一进仁和寺的山门，左手的樱花林（或叫樱花园），已是花开满枝，把枝条压得弯弯的。

然而，太吉郎却说：“哎呀，这可叫人受不了。”

樱花林中的路旁，摆着几张大坐榻，饮酒的唱歌的，吵吵嚷嚷，乱成一片。有的乡下老婆子高兴得手舞足蹈，男人们喝得酩酊大醉，鼾声如雷，有的甚至从坐榻上滚落到地下。

“太煞风景了。”太吉郎不无惋惜地站在那里。三个人没有朝樱花林走去。说来，御室的樱花，他们早就看得很熟了。

丛林深处，在烧游客扔下的垃圾，烟雾升腾。

“咱们找个清静的地方，好吗，繁子？”太吉郎说。

临走的时候，樱花林对面高高的松树下，坐榻的旁边有六七个朝鲜妇女，穿着朝鲜衣裙，敲着朝鲜长鼓，正翩翩起舞。倒是她们别具风韵。从绿松丛中望去，还可见山樱一角。

千重子停住脚步，看着朝鲜舞说：

“爸爸，还是地方清静些好，植物园怎么样？”

“哦，也许好些。御室的樱花看过了，也就算送走了春光。”说着，太吉郎一家出了山门，乘上汽车。

植物园在今年四月份重新开放。京都站前，新辟了一条开往植物园的电车线路，车进车出，往来不断。

“要是植物园的人也多，就到加茂河边稍微走走吧。”太吉郎对繁子说。

汽车行驶在新绿覆盖的城内。比起新建的房屋来，古色古香的老式房子屋顶上的嫩叶，就显得更加欣欣向荣。

植物园门前是条林荫路，朝前走去，土地平阔，豁然开朗。左手便是加茂川的堤岸。

繁子把门票塞到腰带里。一无遮蔽的景致，使人心胸为之廓然。住在批发店街，只望得见远山一角，更何况繁子难得走到店门外的。

进了植物园，迎面便是喷水池，四周开满了郁金香。

“这儿的景色，跟京都的不一样。到底是美国人，在这儿盖上了房子。”繁子说。

“你瞧，那里面好像就是。”太吉郎附和着说。

走近喷水池，春风微拂，飞沫四溅。喷水池的左面，盖了一座很大的圆顶温室，全部是用钢筋和玻璃造的。三人没有进去，只隔着玻璃看了看里面的热带植物。他们逛了一小会儿。路的右侧，高大的喜马拉雅杉已经抽芽，底下的树枝铺展在地面之上。虽然是针叶树，可是那新芽娇柔嫩绿，叫人无从想象出“针”的样子来。喜马拉雅杉与唐松不同，不是落叶植物，倘若也落叶的话，难道也会像梦幻一般发出新芽么？

“我叫大友家的儿子奚落了一顿。”太吉郎没头没脑地说，“手艺比他老子好。眼光很尖，一直能看到你心里。”

太吉郎自说自话，繁子和千重子不免有点莫名其妙。

“您见到秀男了？”千重子问。

“听说是个很不错的手艺人。”繁子只说了这么一句。平时太吉郎最不喜欢别人东问西问的。

朝喷水池右面走去，走到尽头，又向左拐，像是儿童游乐场。只听见叽叽喳喳的声音，草地上堆了不少小衣物。

太吉郎一家三口顺着树荫向右拐。出乎意料，竟走到郁金香花圃了。花开似锦，千重子惊喜之下，赞叹不已。大朵的鲜花有红，有黄，有白，还有像黑山茶一样的深紫色，开满了一园。

“嗯，新和服上倒可用郁金香做花样，就是有点俗气……”太吉郎感叹地说。

喜马拉雅杉下部刚抽芽的枝丫，铺展开来，倘若可以比作孔雀开屏的话，那么，五色斑斓、满目芳菲的郁金香又该作何比较呢？太吉郎凝视着这些花朵。经花色一衬映，天空为之增色，人心为之陶醉。

繁子离开丈夫几步，总靠近女儿。千重子心里好笑，脸上却没露出来。

“妈，白郁金香花圃前那些人，好像在相亲。”千重子低声对母亲说。

“嗯，可不是。”

“妈，您别尽瞧人家。”女儿拉了拉母亲的袖子。

郁金香花圃前有个喷水池，池内养着鲤鱼。

太吉郎从椅子上站起身来，走近郁金香花圃，细细观赏。他弯下腰，向花丛看去，然后走回母女俩身旁。

“西洋花虽然艳丽，看两眼也就够了。我看还是竹林那里好。”

繁子和千重子都站了起来。

郁金香花圃是块洼地，周围树木环抱。

“千重子，植物园的格局，像不像西洋庭园？”父亲问女儿道。

“这我也不大清楚，也许有点像，”千重子答道，接着又说，“为照顾妈妈，咱们再待会儿吧？”

太吉郎不得已又在花圃间徜徉，只听有人喊道：

“是佐田先生吧？……果然是佐田先生！”

“啊，大友先生，秀男也来啦？”太吉郎说，“想不到会在这里……”

“是呀，我就更想不到了……”宗助深深鞠了一躬。

“我喜欢这里的樟树林荫道，尽盼着园子能再开放。这些樟树有五六十年树龄了，我们刚从树荫下慢慢踱过来。”宗助又低头致意说，“日前我儿子真是太失礼了……”

“年轻人嘛，没什么。”

“从嵯峨来的吗？”

“嗯，从嵯峨来的，不过繁子和千重子是从家里……”

宗助这才过去同繁子和千重子寒暄。

“秀男，这些郁金香你觉得怎么样？”太吉郎的问话带点生硬。

“花倒是生意盎然。”秀男唐突地答道。

“生意盎然？嗯，不错，生意盎然。不过，我看得有点发腻。花太密了……”太吉郎说着便转过身去。

花倒是生意盎然。寿命虽短，确实是生意盎然。而且来年还会含苞待放，正同自然界的万物一样，生机勃勃……

太吉郎觉得仿佛又挨了秀男的讥刺似的。

“我缺乏眼光。衣料上或带子上，我不喜欢画郁金香这类图案，但是，要是一个大画家来画，哪怕画的是郁金香，那幅画恐怕就有了永恒的生命。”太吉郎仍看着一旁说，“古代的衣料，就是如此。要说古老，没有比我们这座京城还古老的。它的美，是谁也造不出来的，唯有描摹而已。”

“……”

“就以活着的树而论，没有比这座京城还古老的，你说是不是？”

“这种议论太深奥，我说不来。每天忙着织布，这类高雅的事，没有想过。”秀男低了低头，“但是，假如说，千重子小姐站在中宫寺和广隆寺的弥勒佛前，真不知小姐有多美呢。”

“千重子要是听见了，该有多高兴。这么比，真是过奖了……可是秀男，我女儿很快就会变老太婆的。你看，人生好比白驹过隙。”太吉郎说。

“正因为如此，我才说郁金香一片生意盎然。”秀男加重语气说，“花期虽短，不是尽其全部生命在怒放吗？现在是正当其时。”

“这倒是的。”太吉郎转向秀男。

“我并不存奢望，妄想织出的腰带子孙后代也会系。现在……我只求织好的腰带，别人能够称心，当上一件东西，系上一年半载。”

“好，有志气。”太吉郎点头说。

“有什么办法。我和龙村他们不一样。”

"……"

"我之所以说郁金香一片生意盎然，也是出于这种心情。眼下虽在盛开，有的恐怕也凋落了两三片花瓣了。"

"不错。"

"谈到落花，要数樱花落英缤纷，最有雅趣。郁金香就不知怎么样了。"

"花瓣凋零……"太吉郎说，"不过，郁金香太密了，我有些发腻。颜色也过于艳丽，缺少韵致……人老了。"

"走吧。"秀男催促太吉郎说，"送到店里来的腰带纸样上，郁金香没有一株是生意盎然的。看了这里的花，真一醒耳目。"

太吉郎一行五人，从低洼的郁金香花圃走上石级。

石级的一侧，栽了一排雾岛种的杜鹃花，与其说是一道篱笆，其实更像条长堤，花苞累累。虽然花期未到，细小茂密的嫩叶，把盛开的郁金香映衬得格外娇艳。

上了石级，右面一大片是牡丹园和芍药园。还没开花。也许是新种不久，这里的花圃不大为人所知。

东面，比睿山在望。

植物园内，随处都能望见比睿山、东山和北山。芍药园东面的睿山，像是在正面。

"比睿山上也许云霞过于浓重，山显得很低。"宗助对太吉郎说。

"正因这春天的云霞，才显得春山柔媚……"太吉郎望了半晌说，"我说大友先生，看着那云霞，你有没有想到春光将逝？"

"是啊。"

家几口亲自劳作，也是明摆着的事。这从秀男娘朝子的身上，简陋的厨房，也能看得出来。秀男尽管是长子，只要能谈妥，不是照样可以做千重子的上门女婿么？

“你们秀男很老成持重。”太吉郎向宗助试探道，“年纪轻轻，很有出息，这是真话……”

“过奖了。”宗助无心地说，“干活固然肯用心出力，但一到人前，只会得罪人……真叫人担忧。”

“那很好嘛。从那次起，我总挨他的呲。”太吉郎乐呵呵地说。

“真得请你多包涵了。他就是那么个脾气。”宗助略微低了低头说，“娘老子的话，他要是听不进去，也是理都不理的。”

“那好哇。”太吉郎点头赞同，“今天你怎么只带秀男一个人出来？”

“要是把他弟弟也带来，机器不就该停了么？再说他过于争强好胜，带他出来，在樟树林里走走，或许能陶冶一下性情，变得随和些……”

“这条林荫路真不错。说实话，大友先生，我带繁子和千重子来逛植物园，也是因为秀男的好意，听了他的劝告。”

“唔？”宗助狐疑地盯着太吉郎的面孔，“恐怕是想看看令爱吧？”

“哪里哪里。”太吉郎慌忙否认。

宗助回头看去。秀男和千重子稍微落后几步，繁子又落在他们后面。

出了植物园大门，太吉郎向宗助提议：

“就坐我们这辆车回去吧，西阵离这里又近。这中间，我们要到加茂川河堤上走走，然后才用车……”

见宗助还在犹豫，秀男便说：

“那就承情了。”让父亲先上了车。

佐田一家站在路旁望着汽车，宗助在座位上欠一欠身子致意，秀男有没有点头也看不清。

“这孩子，真有意思。”太吉郎不由得想起打秀男耳光的事，忍着笑说，“千重子，你同秀男倒很谈得来。你一个年轻女孩儿，不好应付吧？”

千重子眉眼含羞地说：“是在樟树林荫路上吧？我只是听他讲。也不知他怎么同我说那么多话，那么起劲……”

“啧，还不是因为喜欢你吗？这还不清楚？他说，中宫寺和广隆寺的弥勒，还没你好看呢……我听了也愣住了，这个怪小子，倒挺会说的。”

“……”千重子也吃了一惊，连脖子都红了。

“都说了些什么？”父亲问。

“说他们西阵手工机器的命运来着。”

“命运？噢？”

见父亲沉思起来，女儿便回答说：

“命运，这话说来深奥。唉，命运……”

走出植物园，右面是加茂川的河堤，松树夹岸。太吉郎走在头里，从松树中间走下河畔。河畔是一长溜草地，绿草如茵。流水拍打着堤堰，水声骤然可闻。

草地上，有坐着吃盒饭的老人，也有双双散步的情侣。

对岸，上面是公路，下面是散步的场所。隔着稀疏的樱花树影，看得见中间是爱宕山，与西山一脉相连。跟河上游的北山，仿佛离得很近。这一带是风景区。

“坐一会儿吧？”繁子说。

从北大路桥下，可以望见河畔草地上晾着一幅幅友禅绸[1]。

“哦，春天了。”繁子朝四周打量了一下说。

“繁子，你看秀男人怎么样？”太吉郎问妻子。

“什么怎么样？”

“做咱们的上门女婿……”

“什么？怎么忽然提起这事来？”

“人很靠得住。”

“这倒是。可是，也得先问问千重子的意思。”

“先前千重子说过，父母之命嘛。”太吉郎看着千重子，“对吧，千重子？”

“这种事可绝不能勉强。”繁子看着千重子说。

千重子低着头。眼前浮现出水木真一的面影，是真一扮成童子的样子。那时，他还小，描着眉，涂着唇，化了妆，一身王朝时代的装束，乘坐在祇园会的彩车上。当然，那时千重子也很小。

1　一种染有花鸟、人物等花样的绸子。

北山杉

远自平安王朝[1]起，恐怕在京都只要提起山，便是指比睿山，讲到祭日，便是指加茂的庙会。

五月十五的葵花祭已经过去了。

一九五六年以后，葵花祭奉行的仪式中，在敕使的行列里，加进斋王[2]一行。退居斋院之前，先要在加茂川净身，这是复活古老的典仪。斋王要穿十二件和服，乘牛车渡河。前有命妇，身着便服，坐在轿上；后随女官女童，杂以伶人奏乐。不仅装束可观，斋王年纪与女大学生相仿，所以，既风雅又透着华贵。

千重子的同学中，有个姑娘曾被选去扮斋王。千重子和同学们还赶到加茂川河堤上去看热闹。

京都有众多的古庙、神社，大大小小的庙会，几乎无日无之。翻翻皇历，五月里就有好几桩。

祭神献茶，开茶会，野外点茶，总有地方会架上茶釜，简直多得转不过来。

今年五月，千重子连葵花祭也没去看。一来因为多雨，二来也

1　平安为京都别称。从公元794年桓武天皇奠都京都起，至1185年镰仓幕府建立止，史书上称平安时代为王朝时代。

2　日本天皇即位之初，侍奉于三重县伊势神宫或京都贺茂神社的未婚的内亲王或皇族的女儿，此时称之为斋王。

许小时候父母各处都领她去看过的缘故。

花固然喜欢，但是看看嫩绿的新叶，千重子也是乐意的。高雄一带枫树的嫩叶自不在话下，若王子那里的，她也很喜欢。

人家从宇治寄来一些新茶，千重子沏好后说：

“妈，今年连采茶都忘了去看了。”

“恐怕还在采吧。”母亲说。

“也许。”

那次植物园的樟树刚刚发芽，美如花树，大概在那之后不久，千重子的朋友真砂子打来了电话。

“千重子，去不去高雄看嫩枫叶？”她约千重子说，“比看红叶时人少……”

“时令不晚么？”

“那儿比城里冷，我想不会晚。”

“嗯——”千重子沉吟了一下，“当初看过平安神宫的樱花，再去看周山的樱花就好了。可惜压根儿给忘了。那棵古树……看樱花反正过时了，我倒很想去看北山杉，高雄离那儿不是挺近么？看见又直又美的北山杉，心里觉得格外痛快。从高雄，再顺道去看杉树好吗？与其看枫叶，我宁愿看北山杉呢。”

既然到了这里，结果千重子和真砂子还是决定到高雄的神护寺，槙尾的西明寺，栂尾的高山寺，观赏枫树的绿叶。

神护寺和高山寺都坐落在陡坡上。真砂子倒没什么，已经换了夏装，是一身轻便的西服裙，穿着平跟皮鞋。而千重子穿的是和服，真砂子怕她吃不消，便向她瞟了几眼，可是千重子毫无吃力的样子。

“干吗尽看着我呀？”千重子问道。

“真美呀。”

“真美呀。”千重子站住，俯视着清泷川说，“我还以为已经是郁郁葱葱的深绿色了呢。多凉快呀。”

“我……”真砂子忍住笑说，“千重子，我呀，说的是你哟。”

“……”

“造物主怎么生下这么美的人儿呀。”

“别讨嫌。”

“一身淡雅的和服，站在万绿丛中，显得格外俏丽；要是穿着华丽，当然也一样漂亮。”

千重子穿了一件绛紫色的和服。腰带是父亲毫不可惜剪下来的那条印花布。

千重子上了石头台阶。想起神护寺里有平重盛[1]和源赖朝[2]的画像，安德烈·马尔罗[3]认为可列为世界名画。平重盛那幅，面颊上隐约留下一点红，正想到这里，真砂子便跟她说起这话来。同样的话，真砂子以前也告诉过她几次。

在高山寺，千重子喜欢站在石水院宽阔的廊下，眺望对面的山色。也喜欢高山寺的开山祖师明惠上人在树上坐禅的那幅画。壁龛的侧面挂着轴画《鸟兽嬉戏图》的复制品。两人在廊下还受到清茶款待。

高山寺再往里，真砂子就没进去过。一般游客大抵到此为止。

---

1 平重盛（1138—1179），日本平安朝末期的武将。

2 源赖朝（1147—1199），日本镰仓幕府（1192—1333）的第一代将军，武士政权的创始人。

3 安德烈·马尔罗（1901—1976），法国现代著名作家、艺术评论家。

千重子想起那次随父亲上周山赏花，采了一些又粗又长的笔头菜回家。后来每次到高雄，哪怕一个人也要顺路去一下遍植北山杉的村里。现在，那儿已经划为市区，街名叫北区中川北山町，有一百二三十户人家，其实叫作村倒更恰当。

“我走路走惯了，咱们走着去吧？”千重子说，“路又这么好。”

清泷川边，山势陡峭逼仄。不一会儿，美丽的杉林便已在望。杉树挺拔而齐整，一看便知是经过人工精心修剪的。北山圆杉木是名贵木材，只有这个村子才出产。

也许是到了三点钟休息的时间，再不然就是割草回家，一群女人从杉山上走下来。

真砂子惊呆了似的，一动不动，盯住其中一个姑娘。

“千重子，那个人真像你。简直跟你一模一样。”

姑娘穿了件藏青碎白花的窄袖上衣，系着吊袖带子，下面是扎脚裤，围着围裙，手上戴着手套，头上包着手巾。围裙一直围到后腰，两边开衩，只有吊袖带子和扎脚裤下面露出的细带子是红颜色。装束与别的姑娘一般无异。

这些女孩子的打扮，和卖柴女或卖花女大致一样，只不过不是进城卖东西，而是在山里干活罢了。大概也是日本妇女在田里和山间劳动时的穿着。

“真像。你不觉得奇怪么？千重子，你仔细瞧瞧。”真砂子唠唠叨叨的。

“是么？”千重子没怎么看，“你太冒失了。”

“不管我多冒失，可她人长得那么美……”

“美是美，不过……”

“就像是你的私生子一样。”

“你瞧，你多冒失呀！”

经千重子一说，真砂子自觉失言，说话太离谱，忙掩住笑声说：

“虽然人和人有长得像的，可你们俩简直像得惊人。”

那姑娘同女伴们，对千重子她们两人，几乎没留意，便走了过去。

她头上的手巾包得很严。前面的头发略能看到一些，可是脸庞给遮去了一半。哪能像真砂子说的，看得那么清楚，何况又不是对着脸看。

再说，这村子千重子来过几趟，看见男人家先把树皮剥个大概，再由妇女细心刮净；也看过她们用凉水或是热水，和上菩提瀑布的砂子，打磨圆杉木的情景。她对这些姑娘的面孔，模模糊糊都有印象。因为这项加工活全在道旁或屋外做。小小的山村，未必有那么多的姑娘。当然也不可能把每个姑娘的面孔一一看得那么仔细。

真砂子目送那群姑娘的后影，稍微平静一些。

“多怪呀。”又说了一句，还侧着头端详了一会儿千重子的面孔。

“真的很像。”

“哪儿像？”千重子问。

“怎么说呢，也许是我的感觉，很难说究竟哪儿像。眉眼，鼻子……城里的小姐和山里的姑娘当然不能相提并论，你可别介意。”

“这有什么……”

“千重子，咱们跟着那姑娘，去她家看看好不好？”真砂子犹自恋恋不舍地说。

跟踪追迹，跑到那姑娘家去看个究竟，不论真砂子性情多么爽朗，毕竟也是说说而已。不过，千重子放慢了脚步，走走停停，要么抬头望望山上的杉树，要么看看堆在家家门口的圆杉木。

白白的圆杉木，粗细一样，磨得光光溜溜，很好看。

“像工艺品吧？”千重子说，“盖茶室似乎也用这种木材，甚至还行销到东京和九州那边……”

圆杉木在屋檐下整整齐齐，竖成一排。二楼上也竖了一排。有户人家在二楼竖的圆杉木前晾着衣服，真砂子看了觉得很稀罕，便说：

“那家人竟住在木头堆里了。”

“你真是个冒失鬼，真砂子……”千重子笑着说，“挨着圆杉木，旁边不就是座很像样的房子么？”

“噢，二楼上是晾的衣服……”

“说那姑娘像我，也是你这张嘴巴。”

“那是两码事。”真砂子一本正经地说，“说她像你，你竟那么不自在？”

“一点也不……”千重子说着，眼前焕然现出姑娘的眼睛。在她勤劳健美的身上，那一对漆黑、深邃的眼睛，显得沉郁而忧愁。

“这村里的女人家很能干。”千重子似乎要摆脱什么似的说道。

“女人和男人一样干活，有什么稀奇。乡下人么，都这样。卖菜的啦，卖鱼的啦，全如此……”真砂子轻松地说，“像你这样的千金小姐，才什么都大惊小怪的。”

“你自己才是呢。往后我也要去干活的。”

“哼，我可不愿做工。”真砂子老实承认说。

“要说做工，说说容易，我真想叫你看看村里姑娘是怎么干活的。”千重子又把目光移向山上的杉树，“大概已经开始剪枝了。”

“剪枝是怎么回事？”

“要叫树木长好，得把不需要的枝杈拿刀砍掉。有时爬梯子，但大都是像猴子似的，从这棵树悠到另一棵树……”

“那多危险！”

“有的人一清早爬上去，到吃中饭时也不下来……”

真砂子跟着抬头仰望山上的杉树。树干挺拔齐整，美到无可言喻。树梢头上，留下一簇簇的叶子，仿佛是装饰在上面的工艺品。

山不高，也不太深。杉树挺立在山巅上，几乎株株都看得很分明。这种杉树可以用来盖茶室，所以，林景好像也有一种茶室的风貌。

只有清泷川两岸，山势峭拔，形成一道窄长的峡谷。据说雨量多，日照少，宜于培育圆杉木这种名材。当然也可以挡风。可是遇到狂风，幼树还不坚挺，有的便弯曲或变了形。

村落里，家家户户依山傍水，排成一行。

千重子和真砂子一直走到小村子的尽头，然后又踅了回来。

有户人家正在打磨圆杉木。把浸在水里的杉树拿上来，女人家便用菩提砂细细研磨。砂子是红褐色的，看着就跟黏土差不多，听说是从菩提瀑布那里取来的。

“那种砂子，要是没有了，怎么办？”真砂子问。

“落了雨，会随瀑布冲下来，沉在河底。”一个上年纪的女人回答说。真砂子心想，她倒沉得住气。

正像千重子说的，女人家一个个都手脚不停地忙着。圆杉木有半尺多粗，想必是做柱子用的？

据说磨好后，洗净，晾干，卷上纸，或裹上稻草，就可以运走了。

就连清泷川畔的河滩地上，有的地方也栽上了杉树。

真砂子望着山上一片片的杉林，和竖在屋檐下一株株的圆杉木，不由得联想起京都旧家洁无纤尘的格子门。

村口正好有个国营公共汽车站，叫菩提道。顺路往上去，大概就有瀑布了。

两人在那里乘上回城的公共汽车。沉默了半晌，真砂子突兀地说：

“女孩子家要是也能长得像杉树那么挺拔该多好。”

“……”

“只不过我们得不到那样细心的照顾就是了。”

千重子笑着问道：

“真砂子，跟他见面了？”

“嗯，见面了。坐在加茂川边的青草地上……”

“……”

“当时木屋町的凉台上顾客愈来愈多，已经点灯了。不过，我们是背朝着他们，所以凉台上的顾客看不出我们是谁。”

“今晚呢？”

“今晚约的是七点半。又是半明不暗的时分。”

真砂子交际上的这种自由，使千重子不胜艳羡。

千重子一家三口坐在后客厅里吃晚饭。客厅朝着天井。

“今儿个岛村先生送来不少竹叶鱼肉饭卷儿，是瓢正老铺的货色，晚上我只烧了个汤，你将就些吧。”母亲对父亲说。

“是吗？”

父亲最喜欢吃家鲫鱼做的竹叶饭卷儿。

“关键的是掌勺人回来晚了……”母亲在说千重子，“她又去看北山杉了，跟真砂子一起去的……”

“嗯。”

伊万里窑出品的碟子里，盛着竹叶鱼肉饭卷，剥开包成三角形的竹叶，米饭卷上便有一片薄薄的家鲫鱼片。汤里放了豆腐皮，还加了点香菇。

正像外面的格子门一样，太吉郎的铺子还保留着京式批发老店的旧规矩。不过现在也改成股份公司，掌柜和伙计都称为职员，也大抵是早来晚走。只有从近江来的两三个小伙计还住在临街有密格子窗的二楼上。所以，吃晚饭时，后屋很静。

“千重子，你爱上北山杉的村里去，是不？”母亲问，“为什么？”

“那儿的杉树又直又好看，我想，人的心地要能长成那样该多好！”

“那，你不就是那样吗？”母亲说。

“不，我的心又别扭，又乖僻……”

“不错。”父亲插进来说，“不论多么直爽的人，也会有杂七杂八的念头。”

“……”

“再说那也没什么。孩子长得像北山杉那样固然可爱，但往往不可得。即便有，说不定什么时候会遇上灾祸不幸。树弯曲了，长大了自然会好，我是这么认为……你就看看咱们小院里的那棵老枫树吧。”

“对千重子这样好的孩子，还挑剔些什么！”母亲有些动气了。

“知道，知道。千重子是个正直的姑娘……”

千重子眼睛望着天井，沉默了一会儿说：

“要像那棵枫树一样坚韧，而我……”说着语带悲音，“就如同生在枫树干上坑洼里的紫花地丁那样。哦，紫花地丁不知什么时候已经谢了。”

“真的……到明年春天准还开。”母亲说。

千重子低着头，目光停在枫树旁那个基督像石灯上。靠屋里的灯光，那磨蚀损伤的圣像已看不太清，好像在做祷告。

“妈，我到底生在哪儿的？”

母亲跟父亲面面相觑。

“在祇园的樱花树下。”太吉郎言之凿凿的。

生在祇园夜晚的樱花树下，岂不像神话传说《竹取物语》里，赫夜公主生在竹节里一样么？

正因为如此，父亲才说得那么肯定。

千重子忽然想开个玩笑，既然生在花下，说不定也会像赫夜公主那样，给接到月宫里去。可是，她嘴上没说出来。

捡来的也好，偷来的也罢，千重子生在哪里，现在的父母是不会知道的。恐怕连千重子的生身父母在哪里，他们也不知道。

千重子后悔起来，觉得不该问这件事。但是，不道歉似乎更好些。既然如此，为什么会出其不意地发问呢？她自己也不明白。难道是模模糊糊想起真砂子说的，北山杉村里那个姑娘跟她长得一模一样的缘故？

千重子不知往哪里看好，便把目光停在大枫树的树梢上。莫非是月亮出来的缘故，抑或是街灯的辉映，夜空才微泛白光。

“夜空的颜色像地道的夏天了。”母亲繁子也抬头望着天空说，“呶，千重子，你就是生在这个家里的。尽管不是我生的，但确实是生在这个家里的。”

“嗯。”千重子应道。

正像千重子在清水寺告诉真一的那样，她不是繁子夫妇晚上从圆山的樱花树下抱来的，而是给扔在店门口的弃儿，是太吉郎把她抱进家的。

那是二十年前的事了，太吉郎那时三十刚出头，也曾荒唐过一阵子。所以，妻子开头不肯相信他的话。

“说得怪好听的……兴许是跟哪个艺伎生的，弄到家里来了。”

“别胡说了！”太吉郎变色道，“你好好看看这孩子穿的衣服。这会是艺伎生的孩子吗？嗯？是艺伎生的孩子吗？”说着把婴儿递给妻子。

妻子接过来，把脸贴在婴儿冰凉的小脸上。

“这孩子，你打算怎么办呢？”

“到里面再慢慢商量。你怎么愣在这里？”

“还是刚生下来的呢。”

因为不知亲生父母是谁，所以不能收为养女。户籍上，写成太吉郎夫妇的嫡亲女儿，取名叫千重子。

俗语说，领来孩子招来弟，可是繁子自己并没生养。他们把千重子当作独养女儿一般抚养，疼爱。岁月悠悠，千重子究竟见弃于什么样的父母，太吉郎夫妇也不再放在心上了。至于千重子亲生父母的生死存亡，当然也就无从知道。

当晚，吃完饭，收拾很简单。只需把竹叶和汤碗拾掇一下就行。千重子一个人在归置。

收拾完，她上二楼待在自己的卧室里。翻着父亲曾带到嵯峨去的保罗·格雷和马克·夏加尔等人的画册。正欲蒙眬睡去，便叫了起来：

“啊——啊——”

给噩梦魇住了，她挣扎着醒来。

“千重子！千重子！”母亲在隔壁房里喊她。千重子还没应声，纸拉门拉开了。

“魇着了吧？”母亲进来说，“是做梦么？”

说着坐在千重子身旁，捻开枕边的台灯。

千重子坐在被窝里。

“哟，这么多汗！”母亲从梳妆台上拿来一条纱布手帕，给千重子揩额上和胸口的汗。千重子由着母亲给擦。“多白净的胸脯啊！”母亲心里一边想，一边把手帕递给千重子：

“呶，擦擦胳肢窝……”

“谢谢，妈。”

“做噩梦了吧？”

“嗯。梦见从老高的地方掉下来……嗖的一下掉进一个绿得可怕的深渊里，没有底儿。”

“这种梦，谁都做过。”母亲说，“掉进一个无底的深渊里。”

“……”

“千重子，别着凉。换件睡衣吧？”

千重子点了点头。但还是心有余悸，想站起身，脚步却有些踉跄。

“好了好了，我来拿吧。”

千重子坐在床上，腼腆而灵巧地换上睡衣。正要折叠刚换下的那件，母亲说：

“甭叠了，反正要洗。”便拿着挂到角落里的衣架上，又走回来，坐在千重子的枕边说：

“做梦倒没什么……该不会是发烧吧？”说着把手放到女儿的额角上。冰凉的。

“嗯，准是上北山杉村里累着了。”

“……”

“瞧你这样，叫人不放心，妈过来陪你睡好不好？”说着便要过去取被子。

“不必了……已经好了。您就放心去睡吧。”

“是么？”母亲一边说，一边往千重子的被里钻。千重子把身子往边上挪了挪。

“千重子都长得这么大了，妈再也不能搂着你睡觉了。你说多奇怪。”

结果倒是母亲先安然睡去。千重子怕母亲肩膀着凉，用手摸了摸，然后把灯关掉。可是千重子怎么也睡不着。

千重子刚才做的梦很长，告诉母亲的，不过是个结尾。

起初，不像是梦，只是似睡非睡之际，挺高兴地想起白天和真砂子去北山杉村里的事。而且奇怪的是，真砂子说的那个跟千重子长得很像的姑娘，形象远比在村里来得鲜明。

梦做到最后，才是她掉进一个绿色的深渊里。那绿色，也许就是印在她心上的杉山。

鞍马寺的伐竹会，是太吉郎喜欢的一种仪式。因为有地地道道的男子汉气概。

太吉郎年轻时看过多次，至今已不觉新鲜。但他想带女儿千重子去见识见识。何况今年要撙节用度，鞍马寺十月里的火节，据说不拟举办了。

太吉郎担心下雨，伐竹会在六月二十日，正是黄梅季节。

十九日那天有梅雨，还很大。

“这么下法，明天恐怕要吹。”太吉郎不时望着天空说。

“爸爸，下雨也不要紧。”

“不要紧是不要紧，”父亲说，“天不好总归……”

二十日仍是腻答答地下着雨。

“把窗户和柜子门关紧，潮气很重，不然衣料会受潮的。”太吉郎吩咐伙计说。

“爸爸，不去鞍马寺啦？”千重子问父亲。

“明年还会有的，今年算了吧，鞍马山上云遮雾罩的……”

参加伐竹表演的不是出家的僧众，大抵是些乡下人，称为法师。十八日先要做好伐竹准备。鞍马寺正殿的左右两侧先竖起圆杉木，然后用雌竹雄竹各四根做横梁，缚在圆杉木上。雄竹去根留叶，雌竹则是连根带叶。

对着正殿的，左为丹波座，右为近江座，自古以来便这么称呼。

领班的身着历代相传的白绢素服，足登武士草鞋，肩系吊袖带，腰插两把刀，头包五幅袈裟做的僧巾，身饰南天竹叶。伐竹用的山刀收在锦囊里。由开路的人带领走向山门。

下午一点光景。

直裰打扮的僧人吹响法螺，宣布伐竹会开始。

二男童向主持长老齐声称贺：

“恭贺伐竹神事开始大吉。”

然后二男童分头走向左右两座道贺：

“近江之竹上好。”

“丹波之竹上好。”

伐竹时，将缚在圆杉木上粗大的雄竹砍断，理好。细的雌竹不砍。

于是男童向主持长老宣布：

“伐竹完毕。”

僧众一一步入殿内，开始诵经。抛撒夏菊，以代替莲花。

主持长老走下祭坛，打开丝柏扇子，上上下下连扇三次。

和着“嗨哟嗨哟”之声，近江和丹波两座各有二人将竹子砍成三截。

太吉郎原想带女儿去看伐竹会，只因天阴下雨，正在游移之际，秀男挟着小包走进格子门来。

“小姐的腰带好歹织得了。”秀男说。

“腰带？”太吉郎狐疑地问，“我女儿的带子？”

秀男踞退一步，毕恭毕敬扶着席子施了一礼。

“是郁金香花样的么……”太吉郎随口问了一句。

“不，是您在嵯峨尼姑庵里画的那条……”秀男郑重其事地说，“那天，我因年轻气盛，对佐田先生实在太失礼了。”

太吉郎不由得暗吃一惊。

“哪里，我只是兴之所至随便画画的。倒是你的高见点醒了我，我应当向你道谢才是。”

“承您看得起，那条带子我已经织好给您带来了。”

“是吗？”太吉郎不胜惊异，“那幅草图我已揉做一团，扔进你家旁边的小河里了。”

“扔掉了？是吗？”秀男毫不怯懦，镇静地说，“您不是让我看过吗？我已经记在脑子里了。”

“真不愧是手艺人呢。”说着，太吉郎额头又皱了起来。

“可是，秀男，图样我都扔进河里了，你为什么还要织呢？嗯？干吗还把它织出来？”太吉郎盯着问，心里忽地一动，说不出是悲凉之感，抑或是愤激之情。

“缺乏内在的和谐，火爆，病态，这些评语难道不是你秀男说的吗？”

“……”

“因此，一走出你家，我便把图样扔进小河里了。”

“佐田先生，请您原谅。”秀男两手扶在席上，低头道歉，“我也是整天尽织些俗不可耐的东西，织得心都烦了。”

“彼此彼此，嵯峨的尼姑庵里，静虽然静，只有一个老庵主和一个白天来帮佣的老太婆，却也寂寞得很……再说，店里的生意日渐萧条，所以，你说的话，我觉得很有道理。何须我这个批发商设计什么图案呢！那种新颖别致的花样，就更……唉！”

“我也想得很多。在植物园遇到小姐之后，也想过。”

“……”

“这腰带，请您过目吧。要是不中意，您拿剪刀当场剪碎好了。”

“好吧。”太吉郎点头答应，又招呼女儿过来，“千重子！千重子！”

千重子正在账房里，坐在掌柜旁边，这时起身走过来。

秀男一双浓眉下，紧抿着嘴巴，神情充满自信。但双手解包时，不免微微颤抖。

对太吉郎仿佛不便说什么，便转身向着千重子。

“小姐，请你鉴赏一下。这是令尊的图样。”说着把卷好的腰带递过去，显得很拘谨。

千重子把腰带刚展开一点，说：

“噢，爸爸，是受到格雷画册的启发，在嵯峨画的吧？”一直展到膝上，“哎呀，真好！”

太吉郎苦着脸不作声。但心里对秀男能把图案完全记在脑子里，实在感到惊奇。

“爸爸！”千重子的声音里透着率真的喜悦，“带子真好！”

“……”

她用手摸摸带子的质地，对秀男说：

“您的织工很精致。”

“嗳嗳。”秀男低下了头。

“我在这儿打开来看看好吗？”

“嗳嗳。”秀男应了一声。

千重子站起身来，在父亲和秀男面前把带子完全展开，一手搭在父亲肩上，站着打量道：

“爸爸，您看怎么样？”

“……”

“您不觉得好看吗？”

“真的好看？”

“嗯，谢谢爸爸。”

“你再仔细看看。”

“这是新花样，当然要看配什么衣裳……不过，这带子真的好。”

“是吗？嗯，既然你中意，就该谢谢秀男。”

“秀男先生，多谢你了。”千重子说着，在父亲身后跪下来，低头道谢。

“千重子。”父亲叫她，“这带子和谐吗？指内在的和谐……”

“什么？和谐？”千重子猝然间给问住了。又打量了一下带子，“您问和不和谐，这要看什么衣裳，也因人而异……现在，那种故意打破和谐的衣裳倒很时兴……”

“嗯。”太吉郎点点头说，“其实呢，千重子，当初我把带子的图样给秀男看，他说不和谐。一气之下，我把图样扔进了他们作坊旁的小河里了。”

“……”

“可是，秀男竟织好拿来了，一看，跟爸爸扔掉的那张图样还不是完全一样么？尽管画笔的颜色和丝线的颜色，多少有些差别。”

“佐田先生，请多原谅。”秀男双手扶在席上致歉说。

“小姐，实在冒昧得很，能否请你把带子系在腰上试试？”

“就系在这件衣服上？……”说着，千重子站起身来，系上带子。顿时显得光艳照人。太吉郎的神色缓和下来。

“小姐，这不愧是令尊的杰作。”秀男的眼睛放着光辉。

祇园会

千重子提着大篮子，走出店门。她要往北经过御池大街，到麸屋街的汤波半老铺去。睿山至北山之间的天空，晚霞火样的红，千重子伫立在御池大街上，仰望了半晌。

夏天日长昼永，晚霞早出。天色颇不单调，一会儿便染成一片火红。

“天空竟有这种样子，还是头一次看见呢。”

千重子掏出小镜子，在霞光下，照着自己的面庞。

“我忘不了，一辈子也忘不了……人真是的，心情会左右一切。”

在晚霞的映照下，睿山和北山竟是一脉深蓝。

汤波半老铺里，豆腐皮、牡丹豆腐皮和八幡卷刚出锅。

“您来啦，小姐。一到祇园会，简直忙得不可开交，这还只是供应一些老主顾呢。凡事请多多包涵呀。”

这家铺子，平日只接受订货。京都的点心行业中也有这样一类老店。

“是过节用的吧，一向承您照顾啦。”汤波半的老板娘一边说，一边把千重子的篮子装得满满的。

所谓八幡卷，就跟鳗鱼做的八幡卷一样，是豆腐皮裹上牛蒡卷成的。牡丹豆腐皮，则类似油炸豆腐什锦，在豆腐皮里包上白果馅。

这家汤波半，是一八六四年那场大火中幸存的一家老字号，已有二百多年历史。当然也多少有些改进……例如天窗上安了玻璃，做豆腐皮用的炉灶改用砖砌的。

“从前烧炭，添火时，炭灰要落到豆腐皮上，所以才改烧锯末。”

“……”

一排锅子，用四方的铜板隔开，等锅面上结成一层豆腐皮，就用竹筷巧妙地捞出来，晾在锅上面的细竹棍上。竹棍上下摆几层，豆腐皮干了就往上移。

千重子走进后面的作坊，用手扶着古老的柱子。陪母亲一起来时，母亲常抚摸这根年代久远的大黑柱子。

“什么木的？”千重子问。

“丝柏的，高得很，一直到顶上，笔直笔直的……”

千重子也摸了摸这根古色古香的柱子，然后走出这家老铺。

回家时，一路上只听到排练祇园会的鼓乐声，高亢嘹亮。

祇园会的日期，远道来看热闹的人常常以为是祭神彩车巡行的七月十七那天。所以，顶多在十六日夜里，才赶来看前夜祭。

不过，祇园会的法事，实际上七月里要做一个月。

七月一日，准备祭神彩车的各街道，先自“画吉符”，开始奏乐打鼓。

彩车中，乘有童子、饰以长刀的那辆，年年照例走在仪仗队之前。为了决定其余彩车的先后次序，七月二日或三日那天，由市长亲自主持抽签。

七月十日，“洗御舆”，即祭祀的开始。彩车头一天要搭好，御舆在鸭川的四条大桥上洗；所谓“洗”，不过是神官用杨桐枝蘸水，洒于车上而已。

十一日，童子参拜祇园神社。乘着饰有长刀的彩车，由头戴京式乌纱帽，身着古代公卿礼服，骑马的侍从随后，前去领受五位之职，高于五位的，称为殿上人。

从前，彩车上还置有神像，所以，童子两侧的侍童要扮成观音菩萨和势至菩萨。童子从神庙领受职位，象征已与神道婚配成礼。

“干吗那么怪模怪样啊？我是男孩子呀。”水木真一小时给扮成童子时，曾抱怨说。

再者，童子要“单开伙”。饭食不能与家人共火同烧。这是为了洁净。如今，这个规矩已经从简。只是，童子吃的饭，要用火镰打两下。据说，家里人倘有疏忽，童子自己就会催促：“打火镰，打火镰。”

总而言之，童子不是巡行一天即告完事，远没有那么简单，事后还要去彩车街一一道谢，全部祭典和童子的活动，总要一个月才能结束。

较之七月十七日彩车巡行，京都人宁愿领略十六日晚上前夜祭的情趣。

祇园会的正日，即将来临。

千重子家的店铺，外面的格子门已经卸下，正忙于准备。

京都姑娘千重子，家里是批发商，靠近四条，祖上入祀于八坂神社，所以对年年举办的祇园会，也就不觉得稀罕了。这是京都炎夏的庙会。

最令人怀念的，便是乘在彩车上由真一装扮的童子。每逢庙会，或闻鼓乐声喧，或见彩车四周灯火辉煌，真一的样子，便历历如在眼前。那时真一和千重子都还只有七八岁光景。

“即便女孩子里，那么俊的也少见。”

真一到祇园神社领受五位少将之职时，千重子也跟随趋入，彩车巡行街衢的时候，她也一直跟在后面转。扮成童子的真一，还带着侍童两人，到千重子家登门致谢。

“千重子，千重子。”千重子给喊得脸色绯红，只顾瞧他。真一化了妆，涂了口红，而千重子却是一张给阳光晒得发红的素脸。她身上穿了一件单和服，系一条三尺长的红花纹腰带，挨着格子门，将坐榻放倒，正在同邻居的孩子放花火玩。

今宵，在鼓乐声中，彩车灯下，千重子依稀还见到当年童子打扮的真一。

“千重子，今儿晚上，你不去逛逛前夜祭吗？”晚饭后母亲问千重子。

“妈您呢？”

“有客人来，妈走不开。”

千重子一出家门，便加快了脚步。四条上人山人海，简直走不动。

四条上那些彩车在什么地方，哪个胡同有什么彩车，千重子最清楚不过了。她各处都转了转。果然热闹非常。彩车上的鼓乐之声处处可闻。

千重子走到神舆前面买了一支蜡烛，点了供在神前。庙会期间，八坂神社的神道都迎到神舆那里。出了新京极，过四条，路南便是神舆。

在神舆前面，千重子发现有个姑娘在拜七拜，虽然只见后影，但一眼便知她做什么。所谓拜七拜，是在离神舆几步的地方，走上前去拜一拜，退回原处，再走上前去拜一拜，这样往返拜七次。这中间倘遇见熟人，也不开口打招呼。

“咦？”千重子觉得那姑娘很面熟，不禁也随着拜了起来。

姑娘往西走几步，再踅回神舆前。千重子正相反，是东向往还。但姑娘比千重子虔诚，祷告得更久。

姑娘拜完七次，千重子每次离神舆不像姑娘那么远，所以大致同时拜完。

姑娘凝眸望着千重子。

“你祈求什么呢？”千重子开口问道。

“你看见了？”姑娘的声音颤抖了，“我想知道姐姐的下落……你就是我的姐姐。神佛保佑，让我们相逢。”姑娘泪水盈盈。

不错，正是北山杉村里的那个姑娘。

神舆前挂满了敬献的灯笼，来朝拜的还点了蜡烛，所以神像前灯火通明。可是姑娘满脸泪痕，也不怕亮光，脸上反映现出灯火闪闪。

千重子凭着意志，强自忍住了泪水。

“我是独生女儿，没有姐妹。”说完脸色刷白。

北山杉姑娘哽咽着说：

“我知道，小姐，请原谅。原谅我吧。”她反复说道，“因为从小便一直惦着姐姐、姐姐的，所以认错了人……”

“……”

“听说是双胞胎，也不知究竟是姐姐，还是妹妹……”

“人和人也有长得很像的。”

姑娘点点头，泪水顺着脸颊往下淌。她掏出手帕，边擦边说：“小姐生在哪儿的？”

“就在附近，批发街。”

“是么？小姐求神保佑什么呢？”

“保佑父母福寿双全。”

“……”

“你父亲呢？”千重子问了一句。

“早就不在了……一次给北山杉剪枝，从这棵树跳到另一棵树上，一失足，掉下来摔坏了……这是村里人告诉我的。那时，我刚出生，什么也不知道……”

千重子感到一阵揪心。

——我时常想去那村子，想看挺秀的北山杉，焉知不是父亲的阴魂在召唤我？

这个山村姑娘，说她有孪生姐妹。我的亲爹会不会在树上想起我千重子这个被弃的女儿，想出了神，不意从树上摔下来的呢？准是这样。

千重子的额角沁出了冷汗。四条街上杂沓的脚步声，祇园会的鼓乐声，仿佛都消失在远处。眼前一片昏黑。

山村姑娘扶着千重子的肩头，用手帕给她擦额角。

“谢谢你。”千重子接过手帕，擦了擦脸，不知不觉随手掖进自己衣袋里。

“你母亲呢？”千重子小声问。

“母亲也……”姑娘迟疑了一下，“我生在母亲的娘家，那儿是个深山坳，比杉树村还要僻远。母亲也不在了……”

千重子没有再问下去。

北山杉村来的姑娘，不用说，是高兴得流出了眼泪。一旦收住泪水，脸上转而光彩照人。

相比之下，倒是千重子凝然不动，两腿发颤，心思纷乱已极。一时里平静不下来。能够扶持慰藉她的，只有姑娘那健美的身躯。千重子不像山村姑娘高兴得那么率真，目光慢慢显出幽忧的神色。

她正在犹豫下一步该怎么办，这时姑娘招呼她说：

“小姐！”同时伸出右手。千重子握住姑娘的手，皮很厚，手很粗，不同于千重子的纤纤素手。可是，姑娘似乎并不在意，紧握着说：

“小姐，再见。”

“怎么？”

“啊，真高兴……”

“你叫什么名字？”

“苗子。”

“苗子？我叫千重子。”

“我现在在做工。村子不大，一提苗子，谁都知道。”

千重子点了点头。

“小姐，你挺福气的。”

“嗯。”

“我发誓，今晚咱们见面的事，谁也不告诉。只有这祇园神知。”

虽说是孪生姊妹，但身份殊隔，苗子大概意识到这一点。千重子思及此，便什么话也说不出来了。但是，被抛弃的，难道不正是自己么？

“再见，小姐。”苗子又说了一句，“趁别人还没看见……”

千重子一阵心酸。

“我家的店就在附近，苗子哪怕就从门前走过去也好，至少去一趟吧，好吗？”

苗子摇了摇头，却又问道：“府上有几个人？”

“家里人么？只有父亲和母亲……”

“也不知怎的，我也觉得该是这样。你是父母的心肝宝贝，娇生惯养的。”

千重子拉着苗子的衣袖说：

“在这儿站得太久了……”

“真的。”

说着，苗子重新朝神舆诚心诚意地拜了拜。千重子也赶忙随苗子拜起来。

“再见。”苗子第三次说。

“再见。”千重子也说。

“真有好多话要说。什么时候，到村里来吧。在杉林里，谁都看不见的。”

“谢谢。”

两人挤出人群，无意中朝四条大桥走去。

入祀于八坂神社的居民很多。前夜祭和十七日正日祭神彩车巡行过后，赶庙会的人依旧络绎不绝。家家店铺门户洞开，摆上屏风什么的。早先有的屏风，画的是初期浮世绘，狩野派，大和绘，或是一架宗达的绘画。在浮世绘的原画中，有的属南蛮屏风，在古雅的京都风俗中，描绘异国人物。画面大多表现京都当年商业兴盛，市面繁荣。

现在，这种风俗的余绪还保留在祭神的彩车上。车上饰以中国织锦、法国葛布兰式花壁毯、毛织品、金线织花锦缎、仿织锦刺绣等。绚丽多彩的桃山[1]风格中，还显示出对外贸易的发达，具有一种异国情调之美。

彩车内则挂有当时名家的绘画。车的顶端看着像根柱子，据说有的是用来表示朱印船[2]的桅杆。

祇园会敲打的鼓乐，节奏很简单，通常是“咚咚呛咚呛”。实际上有二十六套，有人说类似壬生寺演假面哑剧的音乐伴奏，有的则说近乎雅乐。

前夜祭时，彩车上挂起一串串灯笼。鼓乐喧天，高亢嘹亮。

四条大桥东头虽然没有彩车，可是去八坂神社的这一路上，仍是热闹非常。

千重子刚上了大桥，就被人流推来挤去，比苗子落后几步。

“再见。”苗子说了三次，可是千重子委决不下，不知是在这儿分手好，还是走过太记老店，甚至走到店门附近，让她知道店在什么地方好。对苗子，油然而生一缕亲切之情。

“小姐，千重子小姐！”苗子刚要过大桥，跟她打招呼走到她跟前的，是秀男。秀男把苗子错认为千重子了，“您来逛前夜祭？

---

1 织田信长、丰臣秀吉掌权时代（1573—1600），日本美术史上称为安土桃山时期。这时期的城郭、宫殿、寺院建造豪华，布局宏伟，室内装饰壁画之风颇盛，表现市民生活的风俗画、陶瓷、漆器、染织等工艺也甚发达。

2 日本明治维新前的江户时代，凡领有红色官印执照的船只，方可与外国通商贸易。

就一个人……”

苗子感到很为难，但她不能回头去看千重子。

千重子倏地躲入人群。

“今儿晚上好天气……”秀男对苗子说，“明儿个，天也会好。星星那么亮……”

苗子抬头望着夜空。她不知如何回答是好。当然，苗子不可能认识秀男。

“上一次对令尊十分无礼，那条带子花样真好……”秀男对苗子说。

“哎。”

“令尊后来生气了没有？”

“哎。”苗子莫名其妙，无从回答。

不过，她并没拿目光去寻千重子。

苗子感到迷惑。要是千重子愿意见这个年轻男子，她就会走过来。

这个男子，头略大，肩很阔，目光沉静。苗子觉得不像个坏人。从他提起腰带的事看来，可能是西阵那边的织工。在高高的织机上，几年坐下来，体形多少总会变成这个样子。

“怪我年轻不懂事，对令尊的图样，说了几句废话，一宿没睡，想来想去还是决定把它织出来。”秀男说。

“……”

“您系过一次没有？”

“哎。”苗子含糊其词地应了一声。

“怎么样？”

桥上不如马路上那么亮，人群熙攘，把他们隔了开来。尽管如此，秀男居然认错人，苗子仍感到不解。

双胞胎生在一户人家，一视同仁，同样抚养，自是不易分辨。但是，千重子和苗子长在不同地方，生活境遇截然不同。苗子甚至以为，眼前这个人或许是近视也难说。

“小姐，我打算自己设计，为您精心织一条锦带，作为您二十岁的纪念，不知行不行？”

“哎，谢谢了。”苗子期期艾艾地说。

“祇园会的前夕，能见到小姐，神佛一定会保佑我织好锦带。”

“……”

苗子心里思忖，我们是孪生姐妹，千重子准是不愿叫这人知道，所以才不过来。

“再见了。”苗子对秀男说。秀男有点意外。

“哦，再见。”秀男应了一声，又说，“您同意我织，那太好了。我一定赶在看红叶之前织出来……”秀男把意思又说了一遍，这才走开。

苗子用目光搜寻了一下，没有看见千重子。

方才那个男子以及腰带的事，对苗子来说，横竖无所谓，可是，在神舆前同千重子相逢，仿佛出于神佛的呵护，她只觉得高兴。手扶着桥栏杆，凝望着水上的灯影。

苗子沿着桥边，缓缓走着，打算到四条的尽头，去参拜八坂神社。

走到大桥中央，发现千重子和两个年轻男子站着说话。

“啊！”苗子不觉低声叫了出来，但没有走过去。

她是无意之中看见他们三个的。

千重子本来在思忖，苗子究竟同秀男站在那里说些什么。显然，秀男错把苗子当成自己了。苗子怎么应付秀男呢？真难为了她。

千重子想，也许该走到他们跟前去。可是不行。非但没过去，当她听见秀男喊苗子为“千重子”的刹那间，竟抽身躲进了人群。

为什么呢？

神舆前与苗子邂逅，以其内心的震动而论，千重子要比苗子强烈得多。苗子早就知道，自己是孪生，始终在寻找那不知是姐姐还是妹妹的另一个。然而，在千重子却是万万没有想到的。实在过于突然，她没法像苗子发现自己时那么兴高采烈，她也顾不上高兴。

并且，父亲从杉树上摔下来，母亲产后早死，是方才听到苗子说才知道的。她心里感到刺痛。

过去，她只是听见邻居们私下传说，才认为自己是个弃儿，可是她竭力不去想自己是被什么样的父母抛弃的，他们又在哪里。即或想了，也无济于事。何况太吉郎和繁子对自己十分钟爱，无须再想。

今晚，在前夜祭上，苗子告诉她这些事，在千重子听来，未必是什么幸事。然而，她对苗子这样一个姐妹，已产生一种温暖的手足之情。

“她的心地比我纯洁，又能干活，身体好像也挺好。”千重子喃喃自语，“有朝一日，说不定还能依靠她呢……”

她茫茫然走在四条大桥上。这时，听到：

“千重子！千重子！”真一喊住了她，“一个人走路想什么呢？都出了神了。脸色也不大好。”

“哦，是真一。”千重子回思过来，说，“真一，那年你扮作童子，乘在插着长刀的彩车上，多好玩呀。”

“当时可难受极了。现在想想怪好玩的。”

真一有个同伴。

“是我哥哥，在念研究生。”

哥哥长得很像弟弟，莽撞地向千重子点了点头。

“真一小时候性格懦弱得可爱，长得又细气，像个女孩子，所以把他扮成童子。真傻。”哥哥大声笑着说。

走到桥心，千重子往真一哥哥那张英武的脸上看了一眼。

“千重子，你今晚脸色苍白，像是很伤心似的。”真一说。

“也许是桥中央灯光照着的缘故？”千重子说着，用脚使劲踩着地下，“再说，这个前夜祭，人头攒动，个个兴高采烈的，孤零零一个女孩子，看着就显得伤心似的，这又有什么？”

“那可不行，”说着真一把千重子推向桥栏杆旁边，“稍微靠一会儿吧。”

“谢谢。”

“河上没什么风……”

千重子手扶额角，闭起眼睛。

“真一，你扮童子，乘在插长刀的彩车里，那时几岁？”

“嗯……算起来不到七岁吧？记得是上小学的前一年……”

千重子点了点头，默不作声。她想擦擦额角和头颈上的冷汗，手伸进怀里，摸到的是苗子的手帕。

“啊！”

手帕上沾着苗子的泪痕，千重子捏在手里，犹豫着要不要掏出来。她把手帕捏成一团，擦着额角。泪水几乎涌了出来。

真一很诧异。他知道，把手帕团成一团，塞进衣袋，这不是千重子的习惯。

“千重子，你觉得热吗？还是发冷？要是热伤风，可不容易好，赶快回去吧……我们送你。好吗，哥哥？”

真一的哥哥点点头。他一直目不转睛，盯着千重子。

“很近，不必送了……”

“很近，就更得送了。”真一的哥哥说得很干脆。三个人从桥心往回走。

“真一，你扮童子乘彩车巡行时，我始终跟在后面，你知道不？”千重子问。

“记得，记得。”真一回答。

“那时还挺小的。”

“可不是。当童子不好东张西望，可是我心里想，那么小的女孩，难为她跟着走。累得很吧？人又挤……”

“再也不能变得那么小了。”

“你尽说的什么呀？”真一一面闪烁其词，一面心里疑惑，千重子今晚是怎么了？

送千重子到了家，真一的哥哥跟她的父母恭恭敬敬寒暄一番，真一则躲在哥哥的身后。

太吉郎在后房，同一位客人喝过节酒。太吉郎倒没怎么喝，他不过是陪着罢了。繁子在旁侍候，一会儿站起来，一会儿坐下去。

“我回来了。”千重子说。

“你回来啦？这么快！”说着察看女儿的神色。

千重子对客人毕恭毕敬行过礼，然后说：

“妈，我回来晚了，没能帮您的忙……”

“没什么，没什么。”繁子示意千重子一起到厨房去。叫她来端烫好的酒，顺便说：

“千重子，大概是看你这么伤心的样子，他们才送你回来的吧？”

“嗯，真一和他哥哥一定要送……”

“我看也是。脸色也不好，摇摇晃晃的……”繁子摸了摸千重子的前额，“倒不发烧。瞧你这伤心的样儿。今儿晚上有客人，就跟妈一起睡吧。”说着，温柔地搂着千重子的肩膀。

一包眼泪几乎要滚出来，千重子拼命忍着。

“你就上楼先睡吧。”

“是，妈……”见母亲如此慈爱温蔼，千重子心头顿时释然。

“你爸爸也是，客人少，闷得慌。吃晚饭那阵工夫，倒有五六个人来着……”

千重子端酒壶进去。

“已经酒足饭饱了。再来一点儿就够了。”

千重子斟酒的手发颤，左手也扶着酒壶，仍是微微颤动。

今晚，天井里那盏基督雕像灯也点亮了。大枫树洼儿里的两株紫花地丁，隐约可见。

花已凋落。上下两株细小的紫花地丁，不就是千重子和苗子么？两株花似乎各据一方，可是今晚不就相逢了么？千重子望着薄明微暗中的两株紫花地丁，不禁又酸泪欲滴。

太吉郎也发现，千重子似乎有心事，时不时地望着她。

千重子轻轻站了起来，走上二楼。她的卧室里已铺上客人的铺盖，便从壁橱里拿出自己的枕头，到母亲房里睡下。

她恣情一恸，因怕人听见，便把脸埋进枕头里，两手抓住枕头的两边。

繁子走进来，看见千重子的枕头湿了一片，便说：

“来，换一只，我回头就来。”说着给她拿来一只新枕头，随即又下楼去了。在楼梯口停了一停，回头望了一眼，什么也没说。

铺盖只铺了两副，倒不是铺不下三副。一副是千重子的，母亲大概打算和千重子一起睡。

在脚横头，叠着两条夏天盖的麻绉被，一条是母亲的，一条是千重子的。

繁子没铺自己的被，只铺了女儿的。这本算不得一回事，千重子却能体会到母亲的一番心意。

于是，千重子止住了泪水，心情和缓下来。

“我就是这个家里的孩子。”

千重子和苗子突然邂逅之后，心绪纷乱已极，一时难以克制，这是很自然的。

她站到镜台前，打量自己的面孔。想搽粉遮掩一下，又作罢论，便去拿香水。在被上洒了几滴，然后把身上的窄腰带重新系好。

当然，她一时还无法入睡。

“刚才对苗子是不是太冷淡了？”

一闭上眼睛，便看见中川村那秀丽的杉山。

从苗子的话里，千重子对自己的亲生父母，也大体上有所了解了。

“这件事，是告诉爸爸妈妈好呢，还是不告诉的好？”

恐怕这批发店的老夫妇，既不知道千重子生在哪里，也不知道她亲生父母的下落如何。“亲爹亲娘已经不在人世了……”想到这里，千重子倒也没有流泪。

街上传来了鼓乐声。

楼下的客人，好像是近江长滨那一带的绉绸店老板。已经醉意蒙胧，嗓音也高起来，千重子睡在后楼上，不时也能听见一言半语。

客人絮絮不休，在讲祭神彩车队经过的路线，从四条出来，改经颇为现代化的河原町，绕过单行道御池大街，市政府前甚至搭了观礼台，所以彩车巡行，纯属“游览”性质。

以前，车队行经京都狭窄的街道，有时还要损坏一些房屋。别有情趣的是，从前可向楼上的人讨粽子，现在则是撒粽子。

四条还算好的，一旦拐进窄小的街道，彩车的脚便看不到。这倒更好。

太吉郎心平气和地分辩说，在宽阔的大街上，整辆彩车一览无余，那才美不胜收呢。

千重子此刻躺在被窝里，恍如听见彩车的大木轮，碾过十字路口的声音。

客人今晚似乎要在隔壁房里留宿。所以，见到苗子的前后经过，千重子打算明天再告诉父母。

听说北山杉的村里，都是私人经营。并不是每户人家都有山有林的。有山的，只是少数几家。千重子心想，她的亲生父母大概是人家的雇工。

“我在做工……”苗子自己也这么说。

二十年前，父母生下双胞胎，或许有点不好意思。又听说双胞胎难养，而且，也考虑到生活的艰难，才把千重子给扔了也难说。

有三件事，千重子忘了问苗子了。弃婴是在襁褓时期，为什么抛弃的不是苗子而是千重子？父亲又是什么时候从树上摔下来的？

苗子倒说过，在她“刚出生”的时候……此外，苗子说，她“生在母亲的娘家，那儿是个深山坳，比杉树村还要偏远”，那地方叫什么名字呢?

苗子似乎觉得同被抛弃的千重子“身份殊隔”，她是绝不会自己来找千重子的。倘若千重子想同苗子说什么，那就非去她干活的地方找不可。

然而，千重子不能瞒着父母去找苗子。

大佛次郎的名篇《京都的魅力》，千重子读过多遍。脑海里忽然想起其中的一段：

> 北山上做圆杉木用的杉林，树梢青翠，重重叠叠，宛如云层；而红松，树干纤细，色调鲜明，丛立山间。林涛细响，恰似音乐一般……

层山叠嶂，那圆陀的山峰，起伏的音乐，林涛的细响，这一切远远盖过庙会的鼓乐和人声，在千重子心头奔凑而来。仿佛冲破北山上的彩虹，听得见那音乐和细响……

千重子的悲哀淡薄了。也许那根本就不是悲哀。说不定是她突然遇到苗子而产生的惊愕、迷惘和困惑。大概是女孩儿天生爱流泪的缘故。

千重子翻了个身，闭着眼睛，倾听那山里的歌声。

“苗子高兴得什么似的，可我呢？”

过了一会儿，客人同父母上楼来了。

“请好好休息吧。”父亲对客人说。

母亲叠好客人脱下的衣服，走到这间屋子，正要叠父亲脱下的衣服，千重子说：

“妈，我来吧。”

“还没睡？”母亲让千重子叠，躺了下来。

“好香。到底是年轻人。”母亲明快地说。

近江客人喝了酒的缘故，隔着纸拉门，鼾声清晰可闻。

“繁子，”太吉郎喊了一声睡在旁边铺上的妻子，“有田先生不是说，要把儿子送到柜上来吗？”

“是当店员……职员吗？”

“是做上门女婿，千重子的……”

“别说了，千重子还没睡着呢。”繁子拦住丈夫说。

“我知道。千重子听听也好。”

“……”

“是他家老二。曾经打发他来过几次。”

“我可不大喜欢有田这个人。”繁子声音虽低，语气却很坚决。

萦绕在千重子心头的山林的乐声消失了。

“是不，千重子？”母亲转身朝向女儿。千重子睁着眼睛没有作声。静默了半晌。千重子交叉着两脚，一动不动。

“有田先生看中的，大概是咱们的铺子吧。我这么猜。”太吉郎说，“再说，他也知道，千重子既漂亮又可爱……虽然是咱们的主顾，可是对柜上的情况，倒全都清楚，想必是哪个伙计透露给他的。”

“……”

“不过，不论千重子长得怎么俊，也不能为了生意叫她出嫁，这事我想都没想过。繁子，你说是不是，这么做也对不起神灵。”

“可不是。”繁子说。

“我这人的禀性，不适于做生意。”

“爸爸，我让您把保罗·格雷之类的画册带到嵯峨的尼姑庵去，真是不应该。”千重子撑起身子向父亲道歉。

“哪里，这也是爸爸的乐趣和消遣。这样，生活才有点意义嘛。”父亲轻轻点了点头，“我又没有能耐，设计那种图案……”

“爸爸！”

“千重子，要不咱们把店盘出去，到幽静的南禅寺或冈崎租间小房子，哪怕西阵也行，咱们父女俩一块儿设计和服，画腰带的花样，你看好不好？不过，你受得了穷吗？”

“穷怕什么！我一点也不在乎……”

“真的？”父亲说完，过一会儿就睡熟了。千重子却辗转难眠。

可是第二天，她一清早便醒了，打扫店前的街道，擦拭格子门和坐榻。

祇园会仍在进行。

十八日是入山伐木节；二十三日是节后祭和屏风会；二十四日彩车巡行，然后祭神演出狂言[1]；二十八日洗御舆，回八坂神社；二十九日是上奏神事已毕的奉告祭。

好些彩车都经过寺町。

千重子是杂事烦心，不得清静，庙会差不多前后忙了一个月。

1 日本一种古典喜剧。

秋色

明治初年倡导“文明开化”，保留下来的唯一陈迹，便是沿着崛川行驶的北野线电车，现在也终于决定取消了。这条线路是日本最早的电车。

这足以让人了解，千年的古都很早即取法西洋，吸收新事物。京都人居然也有这样一面。

然而，这辆“叮叮当当”的老爷电车，还能开到今日，或许正可以看出“古都”的特色。车身很小，对面对座，几乎彼此能碰到膝盖。

可是一旦取消，又不免感到惋惜。所以，便把这辆车缀以假花，装饰成“花电车”，让一些人按照明治时的风俗装扮起来，乘在车上。这消息还向市民广为宣传。或者也可以说是一个“节日”吧。

几天来，没事的人也要上来乘一乘，这辆旧电车天天客满。正当七月伏天，有人还撑着阳伞。

京都的夏天，比东京晒得厉害，东京现在已经看不到打阳伞走路的人了。

太吉郎在京都站前正要上那辆花电车，有个中年女人忍着笑，故意藏在他身后。说起来，太吉郎的装扮也算得上是有明治时期的派头。

上了电车，太吉郎才发现这个女人，不大好意思地说：

“是你呀！你还不够明治时期的资格哩。”

“反正离明治也不远了。再说我家就在北野线上。”

“哦，可不是吗？”太吉郎说。

“什么可不是吗，您这人真薄情寡义……您倒是想起来了没有？”

“还带了个可爱的孩子……藏在什么地方了？”

“甭装糊涂……您明明知道不是我的孩子。”

“啧啧，我哪儿知道。你们女人家……”

“瞧您说的，你们男人家才这样呢。”

女人带的那个女孩儿，长得白白净净，姿容曼妙，约莫有十四五了。单和服的外面，系着一条窄的红腰带。女孩儿忸忸怩怩躲着太吉郎，挨着女人坐下来，抿起嘴一声不响。

太吉郎轻轻拉了一下女人的袖子。

“小千代，往中间坐坐。”女人说。

三个人沉默了好一会儿。女人隔着女孩子的头，附耳对太吉郎说：

“我常想，要是叫这孩子到祇园当舞伎，准能红。”

“谁家的孩子？”

“附近茶馆老板的。”

“嗯。”

“有人居然认为是先生您同我的孩子。”女人声音低到近无地说。

“什么话！”

女人是上七轩一家茶馆的老板娘。

“我们要去北野神社。这孩子非拉上我不可……”

太吉郎知道老板娘在开玩笑，便问少女说：“你几岁啦？”

“中学一年级。”

“嗯。”太吉郎一面端详女孩子，一面对老板娘说，“唉，到来生转世，再拜托你吧。”

女孩子生在花街柳巷，似乎也懂一些风情，太吉郎的俏皮话自然听懂了。

“有什么事非让这孩子拉上你去北野神社不可？难道她是天神下凡不成？”太吉郎揶揄老板娘说。

“正是正是。”

“天神可是男身噢……”

“是他转世托生成女的了。”老板娘故作正经地说，“要是生成男的，就得发配，受罪。”

太吉郎扑哧一声笑了出来：“要是女的呢？”

“要是女的，对啦，要是女的，就有个如意郎君，备受疼爱。”

“嗯。”

这女孩儿模样俊俏，无可挑剔。梳的刘海头，又黑又亮，双眼皮，大眼睛，顾盼撩人，美极了。

“是独生女吗？”太吉郎问。

“不是，还有两个姐姐。大姐明年春天中学毕业，也许要下海。”

“也像这孩子那么漂亮？”

“像是像，可没她这么俊。”

“……”

现在上七轩连一个舞伎都没有。当舞伎，也非中学毕业不可。

所谓上七轩，顾名思义，大概原来有七家茶馆，太吉郎好像在哪儿听说，现在已增加到二十几家了。

从前，也并不很久，太吉郎常陪西阵的织工或是外地的老主顾，到上七轩一带冶游。眼前不禁浮现出当时的女人的面影。那时，太吉郎店里的生意还很兴隆。

“你兴致倒好，居然还来乘乘这辆电车……”太吉郎说。

“人顶要紧的就是念旧。”老板娘说，“吃我们这碗饭的，就不能把老主顾给忘了……”

“……”

“偏巧今儿个送客上火车，回去乘这辆电车又是顺路……倒是佐田先生好不奇怪，孤家寡人，一个人乘这辆车……”

“可不，唉，其实光看看也就够了。”太吉郎侧着头沉吟了一下，“也不知是过去令人怀念呢，还是现在太寂寞了。”

“要说寂寞，您还不到那个年纪。咱们一起走吧。哪怕就看看年轻姑娘也好……”

太吉郎竟然要给带往上七轩去。

老板娘径直朝北野神社的神前走去，太吉郎跟随于后。老板娘恭恭敬敬祈祷了好久。少女也低着头。

老板娘回到太吉郎身边时说：

“该叫小千代回去了，您包涵着点。”

“唔。”

“小千代，回去吧。”

“先告辞。”女孩儿向两人道过别便走了。渐去渐远，走路的姿势也越来越像个地道的中学生了。

“您好像挺中意这个孩子的。”老板娘说，“再过两三年就出山了，您就耐着性子等着吧……现在她人就很懂事。长得是真够俊的。”

太吉郎没有回答。既然到了这里，索性在园子里逛逛吧。可是酷热难当。

“到你们柜上休息一下好不好？我有些累。”

“敢情好。方才我就这么打算来着。您可是老没来了。”老板娘说。

进了那爿古旧的茶馆，老板娘便郑重其事地招呼说：

“您来了，可真是久违了。一向都好哇？倒是常念叨您呢。”又说，“您躺躺吧，我去拿个枕头来。哦。您方才说寂寞得慌，叫个老实的主儿来解解闷如何？”

“要是从前见过的姑娘，那就免了吧。”

太吉郎刚要入睡，走进一个年轻艺伎。她安安生生坐了片刻。见是个生客，心里暗想，大概挺难伺候。太吉郎一直睡意蒙眬，压根儿打不起精神来说话。艺伎或许是为了逗逗客人，说她下海两年来，喜欢过四十七个客人。

“正好同赤穗义士[1]一样多。有的也四五十岁了。现在想想蛮滑稽的……尽惹人笑话，说一个个该闹单相思了。”

太吉郎这才完全清醒过来。

“那么现在呢？”

1　1703年12月25日夜，赤穗地方的47名武士起事，为其主公复仇，后人称之为赤穗义士。日本戏曲小说常取材于此，著名歌舞伎《忠臣藏》描写的便是这段历史。

“现在只有一个人。”

这当口老板娘正走进客厅。

这艺伎不过二十来岁，同泛泛之交的男人相好竟有“四十七”人之多，太吉郎真有点疑心她记的确实不确实。

她刚下海三天，领一个讨厌的客人去厕所，猛不防被那人抱住亲了一下。结果把客人的舌头给咬了。

“出血了吗？”

“可不，出血了。客人大发雷霆，叫赔治疗费，我呢就哭，折腾了半天。那也是他自作自受。现在连他叫什么名字，我都忘了。”

“嗯。”太吉郎盯着这个艺伎的面孔。当时她也不过十八九岁光景。这么一个细腰身，削肩膀，性格温柔的京都美人儿，居然会使劲咬人。

“让我看看你的牙。”太吉郎对年轻的艺伎说。

“牙？我的牙么？说话的时候，您不就瞧见了么？”

“我再仔细看看，不碍事的。”

“不嘛，怪难为情的。”艺伎抿着嘴说，“您多坏呀，叫人没法开口说话了不是？”

艺伎的樱桃小口里，露出一排细小洁白的牙齿。太吉郎嘲弄说：

“莫不是咬断了，镶的假牙吧？”

“舌头多软呀。”艺伎一不留神，说走了嘴，“真是的，我不说了……”说着把脸藏在老板娘的背后。

过了片刻，太吉郎对老板娘说：

“既然到了这里，顺便到中里去看看吧。”

“哦……那他们会高兴的。我陪您去好吗？”说罢，老板娘站起身来，走到镜台前，大概要坐下匀匀脸。

中里家的门面依旧是老样子，客厅却布置一新。

又叫了一个艺伎来，太吉郎在中里家一直待到晚饭后。

秀男到太吉郎店里，正是他不在家的时候。说要见小姐，千重子便走到前面店堂里。

“祇园会那晚，您答应过我给您设计腰带，现在已经画好了，我拿来请您过过目。”秀男说。

“千重子！”母亲招呼说，“请让进里屋来吧。”

“嗳。”

在朝天井的那间屋里，秀男打开图案给千重子看。一共有两幅。一幅画的是菊花配着绿叶，叶子几乎看不出来，形状很别致。另一幅是红叶。

“好极了。”千重子看得入迷了。

“只要小姐中意，我比什么都高兴……”秀男说，“那么就请小姐定一下织哪一幅吧。”

“这个么，要是菊花，长年都可以系。”

“那就织菊花这幅吧，好吗？”

“……”

千重子垂着头，神情抑郁。

“两幅都很好，不过……”她吞吞吐吐地说，“不能织成山上的青杉和红松么？”

“山上的青杉和红松？看来不大容易，我想想看吧。”秀男诧异地看着千重子。

“秀男先生，这还得请您原谅。”

“哪里谈得到原谅……”

“这个……”千重子不知怎么说才好，“前夜祭那晚，在四条大桥上，您说要给我织腰带，其实，那人不是我。您认错人了。”

秀男说不出话来。他简直不能相信，顿时神情沮丧。正是为了千重子，他才呕心沥血设计图案的。难道千重子这是表示婉拒的意思么？

但是，不论如何，千重子的措辞，她的态度，令人有点费解。秀男多少恢复一些他刚强的个性。

“那么说，我见到的竟是小姐的幻影了？是跟千重子小姐的幻影说的话？难道说祇园会上居然出现了幻影？”不过，秀男还没有说成是他“意中人”的幻影。

千重子庄容说道：

“秀男先生，当时同您说话的，是我妹妹。”

“……”

“是我妹妹。”

“……”

“我也是那晚头一次遇见她。”

“……”

“关于妹妹的事，我连父母都还没告诉。”

“什么？”秀男吃了一惊。他简直闹糊涂了。

“那个出北山圆杉木的村子，您知道吧？她就在那儿干活。”

“唔？”

他惊讶得一句话也说不出来。

“中川町您知道吧？”千重子问。

“嗯，乘公共汽车曾经从那儿经过……”

“请您给她织一条带子吧。”

“哎。”

“给她织吧？”

“哎。”秀男不无怀疑地点头答应，“所以，您方才说要红松和青杉的图案？”

千重子点点头。

“好吧，不过，是不是跟她的生活太切近了些？”

“那要看您设计得如何了。”

“……”

“她一辈子都会当件宝贝的。妹妹名叫苗子，不是有山有地人家的姑娘，所以很能干。比我坚强得多……”

秀男仍有些迷惑不解，但还是说：

“因为是小姐您要我织，我一定把它织好。”

“我再啰唆一遍，是给苗子姑娘的。”

“知道了。可是，她怎么同千重子小姐那么相像呢？”

“我们是姐妹么。”

“即便是姐妹也……”

千重子还不便告诉秀男，说她们是孪生姐妹。

夏天的庙会上，衣衫本来轻便，再加灯光下，秀男把苗子错看成千重子，未必就是看花了眼的缘故。

古色古香的木格窗外，还围着一道木格栅栏，中间摆着坐榻，店堂开间很深——这种格局现在看来，或许是从前遗留下来的，但毕竟是堂堂京式老字号的绸缎批发商。作为这样一家批发商的小姐，同一个在北山杉村里做工的姑娘，怎么会是姐妹呢？秀男感到不可思议。然而，这事又不便深问。

“带子织好后，是送到府上来吗？”秀男问。

“这个……”千重子沉吟了一下，“能不能请您直接送给苗子呢？”

“当然可以。”

“那就这么办吧。”千重子的嘱托里，似乎另有深意，“就是路远一些……”

“哦，远不到哪儿。”

“真不知苗子会多高兴。”

“她肯收下吧？”秀男的疑虑也不无道理。苗子大概会感到意外的。

“我先跟苗子说好。”

“是吗？那好吧……我一定送去。家住在哪里？”

千重子也不知道，“是苗子住的地方么？”

“嗯。”

“我先打电话或写信告诉她。”

“是吗？”秀男说，“虽说有两位千重子小姐，我还是作为小姐您的带子用心去织，然后亲自送去。”

“太多谢了。”千重子低头致谢，“那就拜托了。您觉得奇怪吗？”

“……”

“秀男先生，腰带不是给我织的，是请您给苗子织的。”

“嗯，我知道了。”

过了一会儿，秀男走出店门，仍是百思不得其解。不过脑子里未尝不在琢磨腰带的图案。假如画山上的青杉和红松而不大胆创新，拿给千重子用，恐怕太素净了。秀男的心里，仍当它是千重子的腰带。换句话说，倘若看作是苗子姑娘的腰带，那万万不能同她的劳动生活太切近。要按照千重子说的那么织。

在四条大桥上，自己遇到的不知是叫“千重子的苗子”，抑或是叫“苗子的千重子”？他想到桥上走走，两脚便朝那里走去。白日里阳光灼热。秀男站在桥上，凭栏闭目，竭力不去理会人群的嘈杂和电车的轰鸣，他想倾听那低到欲无的淙淙流水。

千重子今年没有去看“大字篝火”[1]。母亲难得随父亲一起去看热闹，千重子便一个人留下来看家。

父亲他们和附近两三家相熟的批发店，在木屋町二条南一家茶楼包了一个凉台。

八月十六日的“大字篝火”，是在盂兰盆会为超度祖先亡灵而点的。从前的风俗，是那天夜里把松明火把抛到空中，表示送游魂回归冥府。山上烧篝火，据说就是沿袭这一风俗而来的。

实际上点篝火的有五座山，东山如意峰上点的才叫“大字篝火”。靠近金阁寺的大北山上的，叫“左大字篝火”；松崎山上的是“妙法篝火”；西茂贺的明见山，是“船形篝火”；上嵯峨山那里叫“牌楼篝火”，共是五山篝火。当晚要依次点燃，大约烧四十分钟光景。这期间，市内的霓虹灯和广告灯全都熄灭。

篝火点起来后，从那一片山色和夜色中，千重子感到了秋色。

---

1 每年8月16日晚，京都东山如意峰山腰上遍燃篝火，远看成一“大”字，故名“大字篝火”。

比“大字篝火”早半个月，立秋的前夜，下鸭神社里有越夏神事。

以前为了看“左大字篝火”什么的，千重子常约几个朋友登上加茂川的堤堰。

“大字篝火”之类，她从小就已经看惯了，但心里仍然惦记着：“今年的‘大字篝火’也……”正当妙龄，更加多愁善感。

千重子走到店外，同邻居的孩子围着坐榻玩。小孩子对“大字篝火”似乎不大在意，觉得放烟火才更有趣。

可是，今年夏天的盂兰盆会，千重子新添一桩伤心的事。因为祇园会上遇见苗子，苗子把亲生父母早就过世的事告诉了她。

“对了，明天去看看苗子吧。”千重子思量着，“秀男织腰带的事，也得同她说好……”

翌日下午，千重子换上一身素净衣服出门。大白天里，千重子还没有看见过苗子呢。

她在菩提瀑布那一站下了公共汽车。

北山町眼下正是繁忙的季节。男人家已经开始剥杉树皮，树皮堆得老高，四处还摊了一片。

千重子正在游移，刚走了几步，只见苗子一阵风似的跑了过来。

“小姐，你来得可太好了。真的真的，来得太好了……”

千重子见苗子一身干活打扮，便问：

“不要紧么？”

“不要紧，我今儿个告了假。因为我看见你来了……”苗子气喘吁吁地说，“咱们上山到杉林里说说话去吧。谁也看不见咱们。”说着便拉着千重子的袖子。

苗子兴冲冲地赶忙解下围裙，铺在地上。丹波土布做的围裙，能围到腰后，大小足够两个人并排坐下。

“请坐吧。”苗子说。

“谢谢。”

苗子摘下包头巾，用手拢了拢头发说：

“真的，你来了，可太好了。我真高兴极了……”眼睛亮晶晶的，看着千重子。

泥土的气息和着杉树的清香，杉山一片芳馨，浓烈袭人。

“到了这儿，下面就看不到我们了。”苗子说。

“我喜欢这美丽的杉林，偶尔也上这儿来过。可是钻进杉树林里，这还是头一次呢。”千重子放眼向四周望去。杉树差不多一般粗细，笔直地矗立在两人的周围。

“这些都是人工培植的。”苗子说。

“是么？”

“这些树大概上四十年了。可以伐下来做柱子什么的。要是老这么长下去，不晓得能不能长到上千年，老粗老高的？有时我就这么想。不过，我更喜欢原始森林。可村里却像种花那么侍弄着……”

“……”

“世界上要是没有人，就不会有京都这座城，到处都会是原始森林或杂草丛生的荒原。这一带就该成了麋鹿和野猪的天下，你说是不？这世上怎么会有人的呢？人真是可怕……”

“苗子，你常想这些事么？”千重子感到惊愕。

“偶尔这么想想……”

“你讨厌人么？”

“我顶喜欢人……”苗子回答，“没有什么能像人那么叫我喜欢的了。要是世上没有人，那该成什么样子呢？有时躺在山上打过一阵瞌睡，我会突然这么想……”

“这不正是你藏在心里的厌世念头么？”

“我顶不喜欢厌世什么的。每天我都快快活活地干活……不过，人毕竟……”

“……”

两个姑娘所在的杉林，骤然间幽暗下来。

“下阵雨了。”苗子说。雨水积在杉树梢头，变成很大的水珠，从叶子上落下来。

随之而来的，是一阵轰隆隆的雷鸣。

“好怕人！”千重子脸色发青，抓住苗子的手说。

“千重子，你把腿蜷起来，缩得小一点。”说着，苗子伏在千重子身上，几乎把千重子整个儿给遮住了。

雷声愈来愈令人恐怖，电闪雷鸣一阵紧似一阵。那声响大有山崩地裂之势。

而且，近在咫尺，宛如就在两个姑娘的头上。

雨点唰啦啦地打在杉树梢上，闪电的光把大地照得雪亮，也照在两个姑娘周围的杉树干上。美丽挺拔的树干刹那间显得幽阴可怖。猝不及防，又是一阵雷鸣。

“苗子，雷好像要劈下来了。”千重子把身子缩作一团。

“也许会劈下来。不过，劈不到咱们头上。”苗子用力地说，“怎么会劈下来呢！”

于是用身子把千重子遮得更严了。

“小姐，你头发湿了一点。”说着用手巾把千重子脑后的头发揩了揩，然后叠成两折，盖在千重子的头上。

“雨点也许会把衣服淋透，可是雷是绝不会劈到小姐头上或是身旁的。”

性情刚毅的千重子，听了苗子镇定自若的声音，才稍稍放下心来。

“谢谢……真得谢谢你。”千重子说，“你遮着我，自己却给淋湿了。”

“干活穿的衣裳，不要紧。”苗子说，“我高兴极了。”

“你腰上发亮的，是什么呀？”千重子问。

“哎呀，我真大意。是镰刀。刚才在路边刮杉树皮，一看到你就奔过来，竟把镰刀也带来了。”苗子发现腰上的镰刀后说，“好险！”说着把镰刀扔到远处。是一把没有木柄的小镰刀。

“回去时再捡吧。可我真不想回去……”

雷声从两人的头上响了过去。

千重子完全想象得出，苗子用身体庇护自己的姿态。

纵然是夏天，山里下过阵雨，连指尖都是冰凉的。可是苗子从头到脚遮着千重子，把体温也传给了千重子，一直暖到她心上，使她有种说不出的亲密和温暖。千重子感到幸福，闭起眼睛半晌没动。

“苗子，太谢谢你了。”千重子又说，“在娘胎里，大概你也是这么护着我的。”

“我想准是你推我、我踢你的。”

“可不是。”千重子笑了起来，笑声里充满了手足亲情。

雷声停了，阵雨也随着过去了。

“苗子，多谢你了……雨停了吧？”千重子在苗子身下动了动，想站起来。

“停了。不过先别动，再这么待一会儿。树叶上还在滴水呢……”苗子仍旧遮着千重子。千重子用手摸了摸苗子的后背。

“看你都湿透了，不冷么？”

“我已经惯了，不碍事的。”苗子说，“你来了，我太高兴了，浑身直发热。你也淋湿了一点。”

“苗子，爸爸从杉树上摔下来，是在这一带么？”千重子问。

“不知道。那时我还是小毛头呢。”

“妈妈的老家在哪儿？外公外婆身体都好么？”

“也不知道。”苗子回答说。

“你不是在那儿长大的么？”

“干吗要打听这些事呢？”经苗子这一问，千重子倒噤住了。

“你没有这些亲戚。”

“……”

“只要你认我这个妹妹，我就千恩万谢了。祇园会上我真不该多这个嘴。”

“不，我很高兴。”

“我也是……可是，苗子不会到小姐家的店里去的。”

“你来吧，我要好好招待你。还要告诉爸爸妈妈……”

“千万别说。”苗子强调地说，“倘若小姐像今天这样遇到什么难处，我就是豁出命来也要保护你……你该明白我的意思啦。”

“……”千重子的眼睛一热，说道：

“我说，苗子，前夜祭那晚，人家把你当成我，让你为难了吧？”

“哦，是说什么腰带的那个人吧？”

“那个年轻人是西阵那儿织腰带的。人很靠得住……他说要给你织条腰带，是吧？”

“因为他把我当成你了。”

“最近他把那带子的图样拿来给我看了，我就告诉他，那不是我，是我妹妹。”

“什么？”

“我便求他给我妹妹苗子也织一条。”

“给我？”

“你不是答应过他么？”

“那是他认错人的缘故。”

“我请他给我织一条，也给你织一条。作为咱们姐妹一场的纪念。”

“我……”苗子感到十分意外。

“倒不是祇园会上你答应的缘故。”千重子温柔地说。

苗子的身子方才还护着千重子，现在忽然有些发僵，一动不动。

“小姐，要是你碰到什么难处，我会心甘情愿什么都替你做的。可是要我替你接受别人的礼物，那我可不愿意，”苗子干脆地说，“那太难堪了。”

“不是替我。”

“是替你。”

千重子在想，怎么才能劝苗子同意。

“难道我送你，你也不收？”

“……”

“是我要送你，才叫他织的。”

“恐怕不是这么回事。前夜祭那晚，人家认错了人，说是要送你一条腰带。”停了一下，苗子转了话题说，“那个织带子的，那个织匠，可是非常爱慕你呀。我好歹也是个女孩儿，所以我知道。”

千重子顾不得害羞，说道：

“要是那样的话，你就不肯收？”

“……”

“我说了，你是我妹妹，特意请他织的……”

“那我就收下吧，小姐。”苗子终于让步答应了，“尽说些废话，请别见怪。”

“带子由他送到你家里，你住在哪儿呢？”

“住在村濑家。”苗子说，“带子一定会是上好的，像我这种人，有机会系么？”

“苗子，一个人的将来谁能料得定呢。”

“可不，这倒是。”苗子点点头说，“我倒不想有什么出头之日……这带子即使没有机会系，我也要当作宝贝珍藏起来。”

“我们柜上不卖腰带，回头我可以挑一套和秀男的腰带相配的和服送你。”

“……”

“爸爸人很古怪，最近生意上的事，越发提不起精神去管。像我们这种批发店，往后也不能尽卖高档货。现在市面上化纤织品和毛料什么的，也慢慢多起来了……”

苗子抬头看了看树梢，从千重子背上直起身子。

“还有点水滴落下来……可你这么窝着太不舒服了。”

"没什么。多亏你……"

"生意上的事，你不好帮着照管一下么？"

"我？"千重子像触着了痛处，站起身来。

苗子的衣服淋得精湿，贴在身上。

苗子没有送千重子到车站。不是因为衣服湿，大概是怕引起别人注意。

千重子回到店里，母亲正在过道里头给伙计准备下午的茶点。

"回来了？"

"回来了，妈。今儿个回来得晚了……爸爸呢？"

"进了挂幔帐那间屋，不知在想什么。"母亲凝视着千重子说，"你到哪儿去了？衣裳也湿了，都打皱了，去换换吧。"

"哎。"千重子上了后楼慢慢换着，又坐了片刻。下楼时，母亲已经把下午三点钟吃的茶点给伙计送过去了。

"妈。"千重子的声音微微发颤，"有件事我想先告诉妈一个人……"

繁子点点头："到后楼上去吧。"

这一来千重子反而不大自然起来，便问：

"这儿下过阵雨么？"

"阵雨？没下过。你要告诉我的，怕不是下阵雨的事吧？"

"妈，我上北山杉的村里去了。那儿有我一个姐妹……也不知道是姐姐还是妹妹，跟我是双胞胎。今年祇园会上头一次遇见。听她说，父母他们早就去世了。"

当然事出繁子的意外。她只是盯着千重子的面孔："北山杉的村里……哦？"

“这事我不能瞒着妈。祇园会那次连今天，我们一共只见过两次面……”

“还是个女孩儿呢？现在在干什么呢？”

“在村里帮工，干活。挺好的一个姑娘。她不肯到咱家来。”

“嗯。”繁子沉吟了一下，“知道了这事也好。那么，千重子，你……”

“妈，千重子是妈的孩子。还像过去一样，让我做你们的孩子吧。”她神情恳切地说。

“这还用说。千重子就是我的孩子，都已经二十年了。”

“妈……”千重子把脸伏在繁子的腿上。

“其实呢，打祇园会以来，就见你时常发愣，以为你喜欢上什么人了，妈还想问你来着。”

“……”

“领那姑娘到家里来一次好吗？等伙计下了班，晚上的时候。”

千重子在母亲腿上轻轻摇了摇头说：

“她不肯来。还管我叫小姐……”

“是吗？”繁子摸着千重子的头发说，“还是告诉妈好。长得和你很像么？”

丹波壶里的金钟儿，开始叫起来了。

青松

太吉郎听人说，南禅寺附近有座合适的房子出售，便想趁秋高气爽，出去散散步，顺便再看看房子，于是带上妻子女儿同去。

“你打算买下来吗？”繁子问。

“看了再说。”太吉郎蓦地发火说，“价码挺便宜，听说房子不大。”

“……”

“就是光散散步也好嘛。”

“好是好……”

繁子心里很不安。买下那座房子，往后家里店里要天天来回跑么？中京的批发街，近来也像东京的银座或是日本桥那样，老板另外住，每天去店里上班的也多起来了。要是那样倒也好，太记老店生意虽然日渐萧条，另外买座小房子，这点余裕总还有的。

但是，太吉郎的心思，该不会是把店盘掉，从此“隐居”在那座小房子里吧？趁手头还宽裕，赶早打主意也许更好。可是，住在南禅寺的小房子里，丈夫何以为生呢？人已经年过半百，也该让他过两天称心如意的日子才是。把店盘掉，数目会很可观。要是坐吃利息，不免有种恐慌之感。倘使能请人拿这笔钱好好周转，自能安乐度日。然而，在繁子心目中，一时之间还想不出有这样的人来。

母亲这里心事重重，虽未宣之于口，女儿千重子早已察觉到了。千重子还太年轻。看着母亲的目光里，流露出一缕怜恤之情。

与此相反，太吉郎却没事似的，高高兴兴、快快活活的。

“爸爸，既然到那一带散步，咱们从青莲院那儿绕一下好吗？”千重子在车上央求说，“只在门口经过一下就行……”

“哦，樟树，你想看看樟树吧？”

“嗯，”父亲这么机敏，千重子很惊讶，“是看樟树。”

“去，去。”太吉郎说，“爸爸年轻时，常会同三朋四友，在那儿的大樟树下谈天说地。现在是故旧星散，一个都不在京都了。”

“……”

“到了那儿，处处叫人回首往事啊。”

千重子任凭父亲追怀他的青春年华，隔了一会儿说：

“我从学校毕业后，白天还没看过那儿的樟树呢。”接着又说，“爸爸，您知道晚上游览车的路线么？参观寺庙，青莲院算一座，汽车一开进山门，就有几个和尚提着灯笼出来迎接。”

长长一段甬路，直通庙门，僧众几人提灯引路，这正是最富情趣之处。

照导游指南的介绍，青莲院的僧尼会奉淡茶待客。可是千重子笑着说：“到了方丈室以后，茶倒有，好些僧尼端着一张大木托盘，上面摆了许多粗瓷茶碗，放下就赶紧走开了。”千重子接着又说：“也许还有尼姑夹在里面，可是，快得简直叫人来不及看上一眼……真扫兴，茶也是半冷不热的。”

“那有什么办法。要是客客气气，岂不是要耽搁工夫吗？”父亲说。

“嗯，这还算好。宽敞的大院里，四面八方打着照明灯，居然有和尚站在院当中，长篇大论地演说，虽说是介绍青莲院，真也是口若悬河。”

“……”

“走进庙堂，各处都能听见古琴悠扬，我和同学说，不知是有人在弹奏，还是放的留声机……”

“嗯。”

“后来我们还去祇园看舞伎来着。在歌舞排练场上给跳了两三段舞。哎呀，舞伎叫什么来着？”

“叫什么？”

“腰带倒是垂下来的，衣裳可挺寒酸的。”

“唔？”

“接着又从祇园上岛原的角屋去看花魁。花魁穿的衣裳什么的，大概货色很地道，使女也打扮成那样。在粗大的蜡烛光下，表演了一下喝酒的样子，那叫交杯酒吧？然后在门口的泥地上，还按照花魁的步法走了几步给我们看。”

“唔？能看到这些，就很不简单了。”太吉郎说。

“可不是么。要说有趣，就数青莲院的和尚提灯给客人引路，再就是岛原的角屋。”千重子说，“我记得以前好像告诉过你们……”

“什么时候带妈也去看一次？角屋啦，花魁啦，我还从来没见过呢。”母亲说话的工夫，车已经到了青莲院前。

千重子怎么会想到要去看樟树的呢？是因为上一次在植物园樟树林荫道上散过步？还是因为北山杉是所谓人工栽培的，所以她才更加喜欢天然成趣的大树呢？

青莲院入口处的石墙上，只长了四棵樟树。其中，眼前的一棵似乎是棵古稀老树了。

千重子一家三口对着那棵樟树，默默地眺望着，大樟树虬枝横空，盘缠纠结，形状古怪。目不转睛地看着看着，觉得似乎蕴有一股可怕的力量。

“行了吧？走吧！”太吉郎说着便朝着南禅寺走去。

太吉郎从怀里掏出钱夹，找出一张画着去空房的路线图。一面看一面说：

“我说千重子，这樟树，我不大清楚，是不是宜于长在温暖的南国？热海和九州那边就挺多。这里的虽然是老树，你不觉得像个大盆景吗？”

“京都又何尝不如此呢？山也罢，河也罢，人也罢……”千重子说。

“唔，是吗？”父亲点了点头，又说，“未必人人都如此吧？”

“……”

“无论是今人还是历史上的古人……”

“倒也是。”

“照你这么说，日本这个国家不也如此吗？”

“……”千重子思忖着，父亲的话从大处看，确乎如此。她便说，“但是，仔细看一下那盘错的枝干，您难道不觉得有股强劲的生命力，令人望而生畏么？”

“这话很对。你一个年轻女孩子家，怎么竟想这种事？”父亲回头看了一眼樟树，然后凝目望着女儿说，“的确像你说的。正如千重子又黑又亮的头发在长一样，这也是一种生命力……爸爸已经变得迟钝了，老朽了。不过，你的话倒很有见地。”

“爸爸！”千重子深情地喊着。

站在南禅寺的山门口，朝院内望去，寥廓空寂，照例不见几个人影。

父亲看着去空房的路线图，朝左拐去。房子确实很小，围墙却很高，院子也深，走进窄小的院门，到房门口的小径两侧，长着长长一溜儿胡枝子花，正开着白花。

“呀，好美！”太吉郎伫立在门前，看那白胡枝子花，简直看迷了。可是，当他看见隔壁邻居家那座大房子，是家包饭的旅馆时，便已无意再看房子了。

然而，这一簇簇白胡枝子花，使他流连忘返。

太吉郎有一晌没来过这里，看到南禅寺的大街上，骤然之间许多人家变成旅馆，先已感到惊讶。其中有的经过重新翻修，改成接待团体旅客的大旅社，外省来的学生进进出出，闹闹哄哄的。

“房子好像挺好，可是不行。”太吉郎站在胡枝子花的那家门口，嘟哝着。

“看这势头，总有一天整个京都都要变成旅馆了，就像高台寺那一带似的……大阪和京都之间成了工业区，京西一带还有空地，虽然不便，却也不顾，附近不知要盖多少稀奇古怪、豪华时髦的房子……”太吉郎颓丧地说。

太吉郎也许依旧留恋那一簇簇的白胡枝子花，刚走了七八步，一个人又踅回去看。

繁子和千重子在路边等他。

“开得真美啊！这其中难道有什么奥秘么？”太吉郎走回母女

二人身旁时说，“要是用竹棍支起来就好了……倘若下雨，花叶要沾湿衣服，石径便走不得人了。”又说：“想到胡枝子花今年照旧盛开，恐怕房主还无意出售这座产业。到了非卖不可时，大概也就任其凋零败落了。”

母女二人默默无言。

“人就是这么回事。”父亲神情为之黯然。

“爸爸，您这么喜欢胡枝子花么？”千重子强作欢颜，“今年是来不及了，明年我给爸爸设计一件有小碎花的衣料，用胡枝子花做图案。”

“胡枝子花是女人家穿的花样。那是用来做女人单衣的。”

“我想试一下，既不是妇女穿的花样，也不是单衣花样。”

“唔？小碎花，做内衣么？”父亲看着女儿，笑着掩饰说，“爸爸设计一件樟树花样的和服或和服外褂给你穿，作为酬劳。穿上这种花样该像个怪物了……”

“……”

“正好是男女颠倒。”

“没有颠倒。”

“穿着樟树打底的和服，像怪物似的，你能上街么？”

“能，哪儿都能去。”

“嗯。”

父亲低头，似在沉思默想。

“千重子，我并非单单喜欢白胡枝子花。不论什么花，不论何时何地，看了总叫我动心。”

“这倒是。”千重子答道，“爸爸，龙村离这儿很近，既然到了这儿，我想顺路去看看……”

"哦，那家店是专门对外国人的……繁子，你看怎么样？"

"千重子想去就去吧。"繁子爽快地答应说。

"唔。那儿可不出售龙村的腰带……"

那附近的下河原町，是高等住宅区。

千重子一走进店里，就一一打量摆在右面的一卷卷适宜做女装的丝绸衣料，看得很经心。这些都不是龙村出品，是钟纺的。

繁子走过来问："千重子也想穿西装么？"

"不，不是的，妈。我想了解一下外国人喜欢什么样的丝绸。"

母亲点了点头，站在女儿身后，不时伸手摸摸衣料。

正中的店堂和廊下，陈列着一些仿古衣料，大部分是正仓院藏品，有些是古代衣料。

这些都是龙村出品。龙村丝绸制品举行过几次展出，收藏的古代衣料及其图案，太吉郎都看过，印象颇深，名称也全都知道，但仍情不自禁地细细看起来。

"敝号想叫外国人见识见识，日本也能织出这样的精品。"一个认识太吉郎的店员说。

这话以前来的时候，也曾听说过，这次太吉郎听了仍是点了点头。看到仿唐代的丝绸制品，太吉郎说：

"古代真了不起啊……都上千年了吧？"

这里成匹的仿古衣料大概不会出售。——有织成女用腰带的，太吉郎很喜欢，曾给繁子和千重子买过几条。

可是，这家店看来是面向洋人的，没有腰带出售。大件商品不外乎装饰用台布之类。

玻璃柜里摆着手提袋、钱包、烟盒、绸巾等一些小物件。

太吉郎买了两三条不像龙村出品的龙村领带和一只菊花绉钱包。“菊花绉”者，是把光悦[1]在鹰峰发明的一种叫“大菊花绉”的造纸工艺，应用于绸料上；这种工艺方法，时兴得还不太久。

“东北[2]有个地方，现在还生产一种钱包，是用结实的日本纸造的，跟这个很相似。”太吉郎说。

“是，是。”店里的人回答说，“不过，同光悦有什么关系，我们还不大清楚……”

里面的玻璃柜，陈列着索尼出的小型收音机，太吉郎一家人看了十分惊讶。即便是为了“赚取外汇”，摆在这里寄售，也太不伦不类了……

他们三人给让进后面的会客室里用茶。店员说，这些椅子，有好几位外国来的所谓贵客都坐过。

窗外是一簇杉林，虽然不大却很稀罕。

“这是什么杉？”太吉郎问。

“不大清楚……好像叫广叶杉。”

“哪几个字？”

“花匠不识字，恐怕不准，大概是‘广叶杉’三个字。据说本州南边才有这种树。”

“树干的颜色……”

“那是青苔。”

小收音机响了，回头一看，有个青年正在向三四个外国女客做介绍。

1　本阿弥光悦（1558—1637），江户初期艺术家，书道光悦流始祖。

2　日本福岛、宫城、岩手、青森、山形、秋田等六县的总称。

“啊，是真一的哥哥。”说着，千重子站了起来。

真一的哥哥龙助，也迎着千重子走过来，向坐在会客室椅子上的千重子父母鞠了一躬。

“你给那几位太太做向导么？”千重子说。两个人走近之后，千重子觉得龙助同性情随和的真一不同，有种凌人之势，叫人说不出话来。

“谈不上是向导，因为我朋友给她们做翻译，他妹妹突然死了，我临时代三四天。”

“哦，他妹妹……”

“是的。比真一小两岁，是个可爱的姑娘……”

“……”

“真一英语不大灵，又腼腆。只好我来……这家商店也无须翻译……再说，到这里来也只买些小收音机什么的。这些美国太太都住在京城饭店。”

“是么？”

“京城饭店离这里很近，顺便进来看看的。好好看看龙村的纺织品也行，倒看起小收音机来了。”龙助低声笑笑说，“反正也无所谓。”

“这里陈列收音机，我也是头一次看到。”

“小收音机也好，龙村丝绸也罢，一个美金就是一个美金，这没什么不同。”

“嗯。”

“方才在院子里，池里有各种颜色的金鱼，我心里正发愁，要是细究细问起来，我该怎么讲解才好。幸而她们只是一迭连声地嚷漂亮呀漂亮的，倒帮了我的大忙。对金鱼，我又不大懂。金鱼的颜色，英文究竟怎么说才确切，也不知道。什么花斑金鱼啦，等等。”

“……”

“千重子小姐，出去看看金鱼好吗？”

“那几位女客怎么办？”

“让店员招呼她们好了，马上就到吃茶点的时间了，也该回饭店了。说是要会同她们的丈夫到奈良去。”

“那我跟父母说一声就来。”

“对了，我也向她们打个招呼去。”龙助回到女宾身边，不知说了些什么。她们一齐朝千重子看过来。千重子不禁脸颊飞红。

龙助随即过来，带千重子走到院里。

两人坐在池边，看着美丽的金鱼游来游去，默然有顷。

“千重子小姐，对于贵掌柜——就股份公司来说，应该称专务董事或常务董事，你要给他点厉害看看。你办得到吧？要我给你助阵也行……”

千重子感到愕然，心里不由得揪紧了。

从龙村回家的当晚，千重子做了一个梦：她蹲在池边，各色各样的金鱼聚在她的脚下。金鱼一条挨一条，有的泼剌翻跳，有的探头出水。

就是这样一个梦。梦见的全是白天的事。千重子把手伸进池里，搅起一圈圈的涟漪，金鱼便游近来。千重子自己也吃惊，对鱼群感到有说不出的喜爱。

站在身旁的龙助，惊讶的程度更甚于千重子。

“千重子小姐的手，难道有什么香气——灵气么？”龙助说。

千重子听了有些赧然，站起身来说："大概是金鱼和人很快便能相熟的缘故。"

龙助目不转睛地看着千重子的侧脸。

"东山就在那边呢。"千重子躲开龙助的目光说。

"哦，你不觉得山色有些不同么？已经带些秋意了……"龙助回答说。

千重子醒来后，不记得梦里龙助在不在身旁。半晌没能入睡。

第二天，千重子很踌躇，龙助劝她给掌柜点"厉害看看"。她感到难以开口。

店快打烊的时候，千重子坐到账台前。账台是用矮格子栅栏围起来的，很是古朴。植村掌柜感到千重子气色不同寻常。

"小姐，有事吗？"

"给我看一下，有我穿的和服料子没有。"

"小姐穿的吗？"植村松了口气，"您要咱们柜上的？现在挑，是要年下穿的？还是出门做客穿的？要长袖子和服？那好说。小姐一向不是在冈崎染织店或是万记领子店订购吗？"

"把柜上的友禅绸拿给我看看，不是年下穿的。"

"行，行。有多少都拿出来让小姐过过目。也许能中小姐的意。"植村起身招呼两个伙计，耳语几句，三个人捧出十多块料子，在店堂里熟练地一块块摊开来。

"这块就行。"千重子当即挑中，"请在五天或一个星期之内给做得。里子什么的，您就看着办吧。"

植村给镇住了，"一方面要得太紧，另外，咱们店是批发商，很少拿活出去定做，不过，这也没什么。"

两个伙计灵巧地卷起绸料。

“这是尺寸。”千重子放在植村的桌上，然而没有立即走开。

“植村掌柜，店里的生意我想一点点学起来，熟悉熟悉。还得请您多指教。”千重子轻声细语地说，略微低了低头。

“不敢当。”植村神情颇不自在。

千重子沉静地说：

“明天也行，请把账拿给我看看。”

“账？”植村苦笑着说，“小姐要查账？”

“哪里是查账呀，我可没那么不知天高地厚。我想看看账，是因为不知柜上都做些什么生意。”

“是吗？要说账，可多得很呢，还有专对税务局的。”

“柜上做了两本账么？”

“瞧您说的，小姐！要干那弄虚作假的事，得请您小姐来。咱们可完全是光明正大。”

“明天就拿给我看吧，植村掌柜。”千重子口气很干脆，说完便从植村面前走开了。

“小姐，您还没出世，我植村就管这爿店哩……”见千重子头也不回，植村低声又咕噜一句，“岂有此理！”然后啧啧两声，说，“腰好痛哇！”

千重子走到正在做晚饭的母亲身边，母亲简直给她吓住了。

“千重子，你跟掌柜说这些，可了不得。”

“哎。妈，您辛苦了。”

“年轻人看着老实，也够吓人的了。妈这儿听着都要打哆嗦了。”

“这也是别人出的主意。”

“哦？是谁呀？”

“真一的哥哥，上次在龙村……真一他们柜上，一方面他父亲用心经营，另一方面又有两个好掌柜。所以龙助说，要是植村掌柜辞职不干，他们可以拨一个掌柜来，他亲自来也行。”

“龙助他本人么？”

“嗯。他说反正将来得做生意，研究生院那儿随时都可以退学……”

“是么？”繁子望着千重子那光艳照人的面庞，“植村掌柜辞职，倒不必担心……”

“后来还说，在种白胡枝子花的那家人家附近，要有合适的房子，就叫他爸爸买下来。”

“哦！”母亲顿时说不出话来，“都怪你爸爸有些厌世的缘故。”

“可他说，爸爸这样不蛮好吗？”

“这也是龙助说的么？”

“嗯。”

“……”

“妈，我求您件事。也许您都瞧见了，让我把柜上的和服送一套给杉树村那姑娘好吗？”

“好的，好的。外褂也送一件怎么样？”

千重子忙移开目光，泪水涌上了眼帘。

为什么叫高机呢？固然因为手工织机比较高，不过，安装机器的时候，还要把地面浅浅地挖去一层，埋在土里。据说，土里的潮气对生丝无损有益。原先人要坐在高机上。现在是把筐里放上大石头，吊在机器的横头。

有的染织房里，手工织机和机械织机两种都用。

秀男家只有三台手工机器。兄弟三人各织一台，父亲宗助偶尔也上机器。这在小作坊不少的西阵那一带来说，就算是蛮不错的了。

千重子要的腰带，愈接近完工，秀男心里愈感到喜悦。一来是他苦心孤诣设计的腰带快要织得了，二来在机杼来去之中，轧轧的机声里，有千重子的倩影在。

不，不是千重子，是苗子。不是千重子的腰带，而是苗子的。然而，秀男织着织着，把千重子与苗子变成一个人了。

父亲宗助立在身旁看了一会儿说："嗬，好漂亮的腰带！图案很新奇呀。"

侧了头又问："谁家的？"

"佐田家，千重子小姐的。"

"图案呢？"

"千重子小姐设计的。"

"唔？千重子小姐她？当真吗？哦！"父亲蓦地一怔。看了看，又用手摩挲一下机器上的腰带，"秀男，织得很密实，蛮好。"

"……"

"秀男，记得以前也跟你说过。佐田先生对咱们可是恩深义重呀。"

"听说过啦，爸爸。"

"哦，听说过啦？"宗助依旧喋喋不休地说，"我是织工出身，靠一个人白手起家。好不容易买了一台高机，而且一半是借的钱。织出一条腰带，就送到佐田先生柜上。光一条带子多寒碜呢，我就晚上偷偷送过去……"

“佐田先生从来没难为过我。现在机器有了三台，总算过得去了……”

“……”

“话虽如此，秀男，咱们的身份终究不比人家……”

“我知道，您说这些个干什么！”

“你好像看上了佐田先生家的千重子小姐……”

“这是怎么说的！”秀男说着又动手织起来。

腰带一织好，秀男便赶紧上杉树村给苗子送去。

下午，北山那里先后出过几次彩虹。

秀男挟着苗子的腰带，一走到路上便看到了彩虹。彩虹虽宽，颜色却很淡，没有呈弯弓形。他停下脚步，仰望着，彩虹的颜色几乎淡到欲无。

公共汽车开进山峡之前，同样的彩虹秀男又看到两次。先后三道彩虹，形状都不完整，总有一处淡得很。虹本是司空见惯了的，可是，“不知虹是主吉主凶？”秀男今天心里不免有些惴惴。

天空并不见阴沉。进入峡谷时，那同样是淡淡的彩虹，仿佛又出现了，恰好被清流川边的一座山遮住了，看不大清楚。

秀男在北山杉的村里下了车，苗子穿了一身劳动服，用围裙擦了擦湿手，赶紧走了过来。

苗子当时正用菩提瀑布的砂子（毋宁说更像红褐色的黏土）仔细搓洗圆杉木。

刚刚十月，山水大概很凉了。在人工挖出的水沟里，圆杉木浮在上面，一头垒着简易炉灶，也许是热水外溢，热气升腾。

“劳您到这么一个山坳里来。”苗子弯腰行礼说。

"苗子小姐，您应许过的腰带，已经织得了，现在给您送来了。"

"是替千重子小姐许下的腰带吧？我不愿意再做别人的替身了。这么见一面就行了。"苗子说。

"这条带子您已经应许过，再说又是千重子小姐设计的图案。"

苗子低下头说："其实，秀男先生，前天千重子小姐店里送来一套衣裳，从和服直到草屐，全有了。那么漂亮，也不知几时才能穿得上。"

"二十二日时代祭那天穿好吗？出得来不？"

"没什么，出得来。"苗子毫不犹豫地说。"站在这里太惹人注目了，"沉吟了一下说，"到河边碎石滩那儿去吧。"

总不至于像上次和千重子那样，跟秀男一起躲进杉林里去。

"您织的带子我会珍惜一辈子的。"

"不必这样，我还会给您织的。"

苗子没有作声。

千重子送她和服，苗子寄居的那户人家当然知道，所以把秀男领到家去也未尝不可。如今，对千重子的身份和店铺，苗子已经大致有所了解，可谓夙愿已偿。因而，也就不愿再为些许小事给千重子添什么麻烦。

尤其是苗子寄居的村濑这户人家，在当地有山有林，颇为富足；苗子也不辞辛苦，拼命干活。即便千重子家里知道了，也不碍事。较之一爿中等的绸缎批发店，有山有树，也许家道更为殷实。

然而，同千重子一再来往，情谊弥笃，苗子打算以后要谨慎从事。因为千重子对自己的一腔热爱，她已深有所感……

所以，她才把秀男带到河边的碎石滩上。这清泷川的碎石滩上，凡是能种树的地方，全种上了北山杉。

“这地方太委屈您了，请别见怪。”苗子说。到底是女孩儿家，对腰带总是先睹为快的。

“好秀丽的杉山！”秀男一面抬头望着杉山，一面打开布包袱皮，解开纸绳。

“我的意思，这里打成鼓形结，这个要系在前面……”

“哎呀！”苗子摩挲着腰带说，“这给我用太可惜了。”苗子眼睛放着光辉。

“一个初出茅庐的新手织的，有什么可惜！图案画的是红松和青杉，因为快到正月了，我只想到用红松打成鼓形结，而千重子小姐说要加杉树，来到这里一看，才恍然大悟。原先一听说杉树，便以为是什么大树、古木。但我故意画得纤巧一些，倒还是画对了。红松的树干在色彩上也稍加渲染……”

当然，杉树干也不是按本色画的。形状和色彩都费了一番苦心。

“带子真好。太谢谢了……要是太花哨的，我这种人也没法系。”

“同千重子小姐送的和服相称吗？”

“我看挺相称的。”

“千重子小姐自幼便熟悉京式和服……这条带子还没给她看过。也不知怎么回事，有些难为情。”

“是千重子小姐设计的图案，怕什么的……我也该给她看看。”

“时代祭那天，就请穿来吧。”说着，秀男折起腰带放进衬纸里。

秀男结完绳扣，对苗子说：

“请别客气，就收下吧。一方面是我愿织，另一方面也是千重子小姐的吩咐。您就把我当一个普通的织工好了。不过，我可是真心真意给您织的。”

苗子默默无言地接过秀男给她的腰带包，放在腿上。

“千重子小姐从小就长在和服堆里，这条腰带同她送您的和服一定很相称，方才也说过……”

“……”

清泷川浅浅的溪水，从两人面前潺潺流过。秀男环视两岸的杉山说：“正如我意想的那样，杉树干像工艺品似的簇立在那里，顶端的枝叶很像朴素的花朵。”

苗子脸上蓦地显出凄然的神色。父亲准是在树上一面剪枝，一面心疼被抛弃的婴儿千重子，向另一棵树跳时，一失脚摔下来的。当时，苗子同千重子同样是个婴儿，蒙昧无知，直到长大后，村里人告诉她才知道的。

而且，千重子——实际上连千重子的名字，她的生死，以及她们虽是孪生，千重子究竟是姐姐还是妹妹，苗子都无从知道。她只是想，哪怕一次也好，但得能够相逢，能够从旁看她一眼。

苗子那间贫寒的小屋，像座窝棚，至今还荒废在杉树村里。一个姑娘家不便单独住在那儿。所以长久以来，一对在杉山里干活的中年夫妇和他们上小学的女孩借住在那里，当然苗子拿不到什么房租，小屋也不值得收房租。

只是上小学的女孩极其喜欢花，房前有一株美丽的桂花。

“苗子姐姐！”女孩偶尔来找苗子，问怎么侍弄。

“甭管它就行。”苗子说。可是每次走过小屋门前，苗子觉得老远就能比别人先闻到桂花香。这反而使苗子更加抑郁惆怅。

苗子腿上搁着秀男的带子，感到沉甸甸的。她想起了种种往事……

“秀男先生，千重子小姐的下落既然知道了，我就不打算再去找她了。和服的腰带，只有这次，我收下就是，衷心地谢谢了……想来您能明白我的意思。”苗子真挚地说。

“是的。”秀男说，“时代祭那天，就请过来吧。让我看看腰带系在您身上是什么样子。千重子小姐我就不请了。祭祀的队伍从皇宫出发，我在西面蛤御门那里等您，这样好吗？”

苗子双颊微微红了起来，半天才深深点了点头。

对岸河边有棵小树，叶子红彤彤的，映在水中，轻摇款摆。秀男举目望去，问道：

“那边树叶红艳艳的，是棵什么树？”

“漆树。”苗子抬头看了看说。顺便又用微颤的手理一理头发，不知怎的，一头黑发竟散了开来，披到肩上。

“哎呀！”

苗子红着脸，绾起头发，拢了上去，发卡咬在嘴里，一一别好，有的发卡掉在地上，不够用了。

秀男看着她的风姿和举止，觉得有说不出的娟秀俊美。

“您留长头发？”

“嗯，千重子小姐也没剪短。她梳得好，叫你们看不出来……”说着苗子赶忙用手巾包上头发说，“让您见笑了。”

“……”

“在这儿我只顾得给杉树打扮，自己却从不化妆。”

不过，仍是淡淡地涂了一点口红。秀男真希望苗子能把头巾再摘下来，让长长的黑发披到肩上给他看看。可是他不能这么说。看见苗子慌忙拿手巾包头，便觉得没法开这个口。

溪谷狭窄，西面山头天色渐暗。

“苗子小姐，我该告辞了。”秀男说着站了起来。

“今儿的活马上就该收工了……天时短起来了。”

溪谷东面的山坡上，株株杉树亭亭玉立。秀男从树干之间，望着金色的晚霞。

“秀男先生，谢谢您。实在太谢谢了。”说着略微做个收下带子的姿势，站了起来。

“要道谢，请向千重子小姐道谢吧。”秀男说。给这位杉山姑娘织腰带的那份喜悦，在他心里已化作一缕柔情。

“再啰唆一句，时代祭那天，请您务必来。在皇宫西门，也就是蛤御门那儿见。”

“嗳。”苗子深深颔首，“这样的和服和腰带，我还从来没有上过身，怪不好意思的……”

十月二十二日的时代祭，同上贺茂神社和下贺茂神社的葵花祭以及祇园会一样，在庙会繁多的京都说来，是三大庙会之一。虽然祭典在平安神宫举行，但游行队伍却是从京都皇宫出发的。

苗子从一清早便坐立不安，提前半小时便到了皇宫的西御门，即蛤御门的背阴处等候秀男。等待一个男子，在她还是生平头一次。

所幸天晴，长空一碧。

平安神宫是在京都奠都一千一百年之际，于明治二十八年才修建的，所以在三大庙会之中，不消说历史最短。由于庙会是为庆祝京都定为京城，所以列队着意于表现京城千年风俗的变迁。游行队伍穿着各时代的装束，有的还扮成历史上的一些名人。

例如，和宫、莲月尼、吉野花魁、出云阿国、淀君、常盘夫人、横笛尼、巴夫人、静夫人、小野小町、紫式部、清少纳言等。

此外，还有卖柴女和巫女。

前面列举的是历史上的名姬贵妇，其中杂有倡优女贩，至于楠正成、织田信长、丰臣秀吉以及王朝的公卿武将，更是不在少数。

游行队伍相当之长，宛如一幅京都风俗画卷。

女子加入游行队伍，据说始自一九五〇年，从而使得庙会更加绚丽多彩，锦上添花。

队伍的先头由明治维新时期的勤王队和丹波北桑田的山国队开路，压轴的是延历时代文官参朝的队伍。回到平安神宫后，要在凤辇前致祈祷文。

队伍从皇宫出发，所以在皇宫前的广场上看热闹最好。秀男约苗子到皇宫门下来正是出于这个考虑。

苗子在皇宫门下等着秀男。人群熙攘，谁也没有留意她。只有一个中年的老板娘，径直走过来说："小姐，这腰带真漂亮。是在哪儿买的？跟这身衣裳很配……对不起。"说着便想伸手摸一摸："能不能让我看看你身后的鼓形结？"

苗子转过身去。

"咦？"经人这么一看，苗子心里倒反踏实下来。因为她有生以来，从未穿过这样的和服，系过这样的腰带。

"您久等了吧？"秀男来了。

靠近队伍出场的席位已被朝拜团体和旅游协会所占据，紧挨着他们的是观礼台。秀男和苗子便站在观礼台的后面。

苗子头一次站在这么好的位置上，不觉忘了秀男和新衣裳，专心看着游行。

她矍然发觉，便问：

“秀男先生，您看什么呢？”

“看青松。你看那队伍，给青松一衬托，格外醒目。在皇宫宽阔的庭院里，有一片黑松吧，我最喜欢了。”

“……”

“有时也侧目看你一眼，可你没发觉。”

“您真是的。”苗子低下了头。

深秋里的姐妹

在京都众多的庙会里，比起“大字篝火”，千重子更喜欢鞍马山的火祭。因为离得不远，所以苗子也去看过。那时，在火祭上，即便两人对面相逢，恐怕也不相识。

去鞍马山朝拜的路上，家家户户要以树枝分隔，房檐上洒好水，在半夜里点起大大小小的松明火把。

上山朝拜时，一路上齐声吆喝着“美哉，祭礼！”山上山下火焰熊熊，两乘神舆一抬出来，村（现在是镇）里的妇女全部出动，拉着神舆的绳子。最后献上大松明火把。仪式一直延续到天亮之前。

可是今年，这个有名的火祭取消了，说是为了节约。火祭不举行了，伐竹祭还照旧。

北野天神宫里的“芋茎祭”今年也不举行了。芋头收成不好，没有芋茎可做神舆。

京都鹿谷的安乐养寺有“南瓜供”，莲花寺有“黄瓜祭”，这些祭典数不胜数。这既能展示古都的风貌，同时也可表现京都人的一个侧面。

近年来，重新恢复的仪式有岚山河里龙舟上的极乐鸟、上贺茂神社庭院里的曲水之宴等。这些仪式都是当年王朝贵族的风流盛事。

所谓曲水之宴，是身着古装坐在溪边，在酒盏漂至之前，吟诗绘画或挥毫作书，酒杯一经到了跟前，便举觞一饮而尽，然后再让杯盏漂走。这些事全由书童来服其劳。

这个仪式自去年开始举办，千重子曾去瞻礼过。坐在王朝公卿之前的，是诗人吉井勇（现已作古）。

因为是刚恢复的仪式，一般人还不太熟悉。

岚山的极乐鸟，千重子今年没有去看，觉得没有什么古趣可言。在京都，古趣盎然的仪式，简直多得看不胜看。

母亲繁子一直亲自操持家务，也许是母亲教养的结果，也许是千重子天性如此，她也一向清早即起，揩拭门窗什么的。

“千重子，时代祭那天，你两个好快活呀！”早饭吃完刚收拾好，真一来了电话。看来，真一也认错人了，把苗子当成千重子。

“你也去了？打个招呼多好……”千重子缩了缩肩。

“我倒想来着，哥哥不让。”真一不存芥蒂地说。

千重子委决不下，要不要告诉他认错了人。从真一的电话来看，苗子大概穿上千重子送的和服，系上秀男织的腰带，去看时代祭了。

苗子的伴，准是秀男。陡然之间，颇出千重子的意料，一转念，心里感到一丝温暖，脸上不禁浮出笑容。

“千重子，千重子！”真一在电话里叫道，“你怎么不作声？”

“打电话的是你呀！”

“得了，得了。”真一笑了起来，“掌柜在吗？”

“不在，还没来……”

“你没感冒吧？”

"听出像感冒的声音么？我正在门外擦格子门呢。"

"是么？"真一好像摇了摇听筒。

千重子朗声笑了。

真一压低声音说："电话是哥哥叫打的。现在他来接……"

和龙助说话，千重子不像同真一那么轻松。

"千重子小姐，掌柜那里，你试探了没有？"龙助劈头便问。

"试探了。"

"嗬，了不起！"龙助加重语气又说，"了不起！"

"母亲无意中也听见了，当时还挺提心吊胆的。"

"是吗？"

"我对掌柜说，我要了解一下柜上生意的情形，想一点点学起来，把账单都拿给我看看。"

"嗯，说得好。哪怕光是这么说说，局面就会不一样。"

"后来，连保险柜里的存折、股票、债券这些东西，也一股脑儿全让他拿了出来。"

"好，了不起！千重子小姐，真了不起！"龙助忍不住说，"想不到你这样一个温柔的小姐……"

"全仗龙助先生的指点……"

"倒不是我指点，是附近同行之间有些风言风语。本来打算，要是千重子小姐谈不成功，家父或是我准备来一趟。但小姐这一手来得顶漂亮。掌柜的态度想必不同了吧？"

"是的，有那么一点。"

"我猜也是。"电话里，龙助沉默了好一会儿才又说，"这一手，来得漂亮。"

千重子感到，龙助在电话里好像为什么事正在迟疑。

"千重子小姐，今天中午我想来府上拜访，不知方便不方便？"又补充说，"真一也来……"

"这有什么不方便的，我又没什么大不了的事。"千重子说。

"年轻小姐嘛！"

"您真是的！"

"怎么样？"龙助笑着问，"趁掌柜也在，我过来一趟。我想来看一眼。不必担心，我就看看掌柜的态度如何。"

"啊？"千重子说不出话来了。

龙助家的生意，是室町这一带的大批发商，在同行里颇有势力。龙助虽然还在研究生院里念书，店家的声势，自然也使他身上有种威仪。

"现在正是吃元鱼的时令。我在北野的大市订了座，想请你赏光。若连令尊令堂一起请，未免太不自量，所以只请你一个人……我家的童子小哥也去。"

千重子慑于他的气势，只应了一声：

"哎。"

真一在祇园会上扮成童子，乘在插长刀的彩车上，已经是十多年前的事了。可是至今，哥哥龙助有时仍要半开玩笑地喊他为"童子小哥"。也许真一身上仍然保留着"童子"的那种温文尔雅和可爱的风度……

千重子告诉母亲说："下午龙助和真一要来，刚才来电话了。"

"哦？"母亲有些惊讶。

下午，千重子到后楼上化妆，虽是淡妆素裹，却也花了一些心思。长长的秀发，仔细地梳理了一番，但头发的式样总梳得不那么称心。衣服也不知穿哪件好，左一件右一件，反倒拿不定主意。

等她下了楼，父亲已经外出，不在店里。

千重子到后面客厅，把炭火盆端整好，又四下里打量了一眼，看了看狭小的庭院：大枫树上的苔藓，依然青葱翠绿，可树上那两株紫花地丁，叶子已经有些发黄了。基督雕像灯脚下的小山茶花，开着灼红的花朵，真红得娇艳妩媚，比那红玫瑰，还要使千重子销魂。

龙助和真一来了，先向千重子的母亲恭恭敬敬地行礼寒暄，随后，龙助一个人到账房去，端坐在掌柜面前。

掌柜植村慌忙走出账台的矮格子栅栏，向龙助殷勤致意、一再寒暄。龙助虽然也应个一声半声，却始终板着面孔。他这种冷漠神情，植村心里当然也明白。

植村私下寻思，一个学生家，拿个什么架子！但在龙助咄咄逼人的气势下，也无可奈何。

龙助等植村说完，沉着脸说：

“柜上生意兴隆，很好。”

“唔，谢谢，托您的福。”

“家父他们也说，佐田先生柜上幸好有植村先生这样一个掌柜。多年的经验，难得……”

“不敢当。水木先生柜上是大买卖，我们小可之比，实在微不足道。”

“哪里哪里。我们只是什么生意都做罢了。京式绸缎批发咧，这个那个的，简直就是家杂货店。我是不大喜欢那样的。像植村先生这么谨慎行事、踏实经营的老店，可一天少似一天喽……”

植村正要回答，龙助已经站了起来，朝千重子和真一待的客厅走去。植村苦着脸，望着龙助的背影。千重子要看账本，跟龙助今天的这一举动，个中的机关，植村自是心知肚明。

龙助走进客厅，千重子盘问似的看着他的面孔。

“千重子小姐，掌柜那里我已经稍微点了他一下。是我劝你的，我有这个责任……”

“……”

千重子低头给龙助斟茶。

“哥哥，你看那枫树干上的紫花地丁！”真一指着树说，“有两株吧？几年之前，千重子小姐就把两株花看成是一对可爱的恋人……虽然近在咫尺，却永无团聚之日……”

“唔。”

“女孩子尽会想些可爱的念头。”

“你真是，多叫人难为情呀，真一！”千重子把斟好的茶杯放到龙助面前，手略微有些发颤。

三人乘上龙助店里的汽车，驰向北野六条大市元鱼店。门面带些古风，是家老字号，游客都知道这家老店。房屋陈旧，天棚很低。

叫了砂锅元鱼，外加烩什锦。

千重子身上热起来，似乎有些醉意。

她连头颈都泛出了桃红色。肌理白净细腻，光滑柔嫩，添了一层红晕，越发明艳动人。眼风顾盼撩人，显得含情脉脉。她不时用手摸摸脸颊。

千重子滴酒未沾。可是砂锅里的汤汁，大概有一半是酒。

外面虽有汽车等着，千重子仍怕脚下不稳。不过，她感到非常快活，话也多了起来。

“真一，”千重子对好说话的弟弟说，“时代祭那天，你在皇宫院子里看见的两个人，不是我，你认错人了。大概是远看的缘故。”

“别蒙人了。”真一笑着说。

“我一点不骗你。”千重子踌躇了一下，“说真的，那姑娘是我妹妹。”

“什么？”真一满腹狐疑的神情。

在花事正浓的清水寺里，千重子曾告诉真一，她是个弃儿。这话想必也会传到真一的哥哥龙助的耳朵里。即或真一没有告诉哥哥，两家的店离得很近，这类事私下里也会不胫而走。作如此想，或许更恰当。

“你在皇宫院子里看见的……”千重子游移地说，“我们是孪生，你看见的，是那另外一个。”

真一真是闻所未闻。

“……”

三个人沉默有顷。

“我是给抛弃的……”

“……”

“要真是那样，当初扔在我家店门前该多好……真的，扔在我们家店门前该多好。”龙助一往情深地说了两遍。

“哥哥，”真一笑着说，“那时的千重子小姐和现在可不一样。那时是个初生的婴儿。”

“婴儿不也好吗？”龙助说。

“你是因为看到现在的千重子才这么说的。”

“不是的。”

“人家是佐田先生锦衣玉食，当作掌上明珠来养大的。这样，千重子才成为今日的千重子。”真一说，“那时，哥哥自己还是个娃娃呢。娃娃能抚养婴儿么？”

“能养。”龙助强头倔脑地说。

“哼，哥哥总是这么自负，不肯认输。”

“也许是这样，不过，那我也愿意抚养千重子这个婴儿。母亲一定肯帮我的。”

千重子酒醒了，脸色发白。

秋天里，北野的舞蹈会演，要跳上半个月。结束的前一天，佐田太吉郎一个人去了。茶馆给的入场券，当然不止一张，但太吉郎谁都不想请。看了舞蹈回来，再结伴去茶馆，他嫌麻烦。

太吉郎神情不悦，走进茶座时，舞蹈还没开始。今天坐在那里专司点茶的艺伎，也没有太吉郎所熟悉的。

旁边，站了七八位少女。可能是帮着递杯送盏的。一色都穿着粉色的长袖和服。

只有站在中间的一个少女，穿一身绿。

“咦！”太吉郎几乎失声叫了出来。妆化得很漂亮。她不是由那位花街柳巷的老板娘带着，和太吉郎一起乘“叮叮当当老爷电车”的女孩么？唯独她一个人穿绿，也许管点什么事呢。

这位绿衣少女给太吉郎端来淡茶，样子矜持，笑都不笑一下。完全是按规矩行事。

太吉郎的心，顿感轻松起来。

舞蹈跳的是八场舞剧《虞美人草图》，是众所周知的中国那出霸王别姬的悲剧。不过，虞姬拿剑自刎后，被项羽抱在怀里，听着思乡的楚歌而死去，项羽也随即战死；下一场便转到日本，讲的是熊谷直实、平敦盛及玉织姬的故事。杀了敦盛之后，熊谷感到人生无常，遂出家为僧；在凭吊古战场之时，敦盛冢的周围，虞美人草盛开。这时笛韵悠扬，接着敦盛显灵，要求把青叶笛收藏在风谷寺里，玉织姬的阴魂则要求将她香冢前虞美人草开的朵朵红花供在佛前。

舞剧之后，又演一出热闹的新编舞蹈，叫《北野风流》。

上七轩的舞蹈，与祇园的井上派不同，属于花柳派。

太吉郎走出北野会馆，顺路走进那家古色古香的茶馆。坐在那里出神。

“给您叫哪位姑娘呀？”茶馆老板娘问。

“嗯，咬舌头的那个姑娘吧——其次么，穿绿衣送茶的那个孩子如何？”

“乘叮叮当当电车的那个吗？……好吧，光是跟您见个面也许行。”

艺伎没到之前，太吉郎喝了几盅，来了之后就故意站起来走出屋子。艺伎跟在身后，太吉郎问：“现在还咬人吗？”

“您记得可真清楚，不要紧，您就伸出来试试看。”

“我可害怕。”

“真的，不要紧。”

太吉郎伸了出来，被吸进她那温润而柔软的嘴里。

太吉郎轻轻抚拍着女人的背说：

“你堕落了。”

“这就算堕落？”

太吉郎想漱口，可艺伎站在一旁，有所不便。

艺伎这种淘气法太大胆了。在她，恐怕也是不假思索，毫无意义的做作。太吉郎并不讨厌这个年轻的艺伎，也不觉得不洁净。

太吉郎要回客厅，艺伎抓住他：

“等一下。”

她掏出手帕，擦了擦太吉郎的嘴唇。手帕上沾着口红。艺伎又把脸凑近太吉郎的脸，一边看，一边说：

“嗯，这回行了。”

“谢谢……”太吉郎双手轻轻搭在艺伎的肩上。

艺伎为了擦唇膏，留在盥洗间的镜台前。

太吉郎踅回客厅，一个人也没有。像漱口似的呷了两三杯冷酒。

身上仍觉得什么地方沾了艺伎的气味，或是她的香水味。太吉郎隐约觉得身心仿佛年轻了些。

太吉郎自忖，即便是艺伎过于淘气也罢，自己未免也太冷淡了些。恐怕是自己长期没有和年轻女人胡调的缘故。

这艺伎刚二十出头，或许是个大有意趣的女人。

老板娘领了少女进来。仍是那身绿色长袖和服。

“您既然想看她，我就跟人家说，只来见见面。您瞧，年龄总归还小。”

太吉郎看着少女说：“方才端茶……”

“是。”毕竟是茶馆店的孩子，一点都不忸怩，“我心里想，可不就是那位大爷么，便把茶端了过来。”

“唔，那就多谢了。你还记得我？”

“记得。”

艺伎这时也回到屋里。老板娘对她说：

"佐田先生对小千代，喜欢得不得了。"

"哦？"艺伎盯着太吉郎说，"您眼光可真高呀。还得等上三年呢。小千代明年春天要上先斗町去。"

"先斗町？为什么？"

"她想当舞伎。说她迷上了翩翩起舞的舞姿，是吧？"

"唔？要当舞伎，祇园那里岂不更好？"

"小千代的伯母在先斗町，就图的这个。"

太吉郎一边瞧着这位少女，一边忖量，这孩子不管去哪儿，准能成为顶尖儿的舞伎。

西阵和服纺织工业公会做出一项前所未有的大胆决定：十一月十二至十九日，八日之内全部织机一律停工。十二、十九两日本是星期天，实际上只停工六天。

原因颇多，概括成一句话，即是经济上的考虑。由于生产过剩，库存衣料达三十万件。为了打开销路、改善经营，才采取这一措施。此外，也是近来银根紧缩之故。

从去年秋天到今年春天，收购西阵衣料的商号相继倒闭。

停机八天，大约可减产八九万件，这个措施看来能奏效，估计会成功。

然而，西阵纺织街，尤其是小巷里，一目了然，很多零散的家庭作坊，也都服从这一决定。

一座座小房子，瓦顶陈旧，屋檐很宽，鳞次栉比，匍匐在地面上。即使有二层楼，仍很低矮。窄得像甬道似的小胡同，错综交杂的，连织机的声音，听着都显得晦暗。这些大概不是自家的机器，而是租来的。

然而，提出申请，要求“破例不停机”的，统共只有三十多家。

秀男家不织衣料，光织腰带。有三台高机，白天也需点灯。不过，车间总算亮堂，屋后也有空地。可是，屋子之小令人不禁要想，简陋的厨房用具，家人的坐卧休息，究竟在什么地方呢？

秀男身体健壮，干活既有才干，又有事业心。但坐在高机窄窄的板条上，年深月久，屁股上说不定会坐出老茧来。

那天约苗子去看时代祭，皇宫大院里的青松，倒比穿各朝服装的游行队伍，更吸引他。这或许是得以从日常生活中暂时解脱出来的缘故吧？而面对狭窄的山谷，在山上劳作惯的苗子，倒并没怎么留意……

不过，自从时代祭那天，苗子系了自己织的带子以后，秀男干起活来劲头更足了。

千重子和龙助、真一两兄弟去了大市回来，虽说不上非常痛苦，有时总觉得一颗心仿佛失落在哪里似的，仔细一琢磨，还是苦恼的缘故。

十二月十三的“准备年事节”已经过去，京都的气候也进入了地道的冬天，极其多变。响晴的天，会下起阵雨来，时而是雨夹雪。时阴时晴，阴晴莫定。

按京都的风俗，从十二月十三的“准备年事节”那天起，便要准备过年，送年礼。

信守这些老规矩的，仍要数祇园那些花街柳巷。

伙计提着镜饼[1]，送到平素照应艺伎和舞伎的茶馆，送到歌舞

1 圆形的大年糕，上下两片对拢，系祭神供品。

师傅和年长的艺伎家里。

然后，舞伎再四处拜谢。

见面要说“恭喜发财”。意思是这一年已平安过来，明年还请格外照应。

这一天，艺伎和舞伎打扮得比平时更加花枝招展，来来往往，提早到来的岁暮即景，把祇园一带点缀得花团锦簇。

千重子家所在的这一带，没那么热闹。

吃完早饭，她一个人上楼，随便打扮了一下。可她时时发怔，停下手来。

在北野的元鱼店里，龙助的话，情见乎辞，时时在她胸中起伏。要是婴儿时的千重子，给扔在他们龙助家门口该多好——话不是已经说得很明白了么？

龙助的弟弟真一，和千重子是从小就认识的，一直同学到高中，性情温和恭良。千重子知道真一很爱她，可他从来没像龙助那样说过使她动心的话。千重子可以不拘形迹，同他在一起玩。

千重子梳好长长的秀发，披在肩上，下楼来。

快吃完早饭时，北山杉村的苗子给千重子打来了电话。

“是小姐么？”苗子谨慎地问，“我想见见你，有件事要跟你商量一下。”

“苗子，真怪想你的……明天好么？”千重子回答说。

“什么时候都行……”

“你到店里来好么？”

“原谅我，店里我不能去。”

“你的事我已经告诉妈了，爸爸也知道。”

“店里总有伙计什么的吧？”

“……”千重子沉吟了一下，“那么，我到村里来吧。”

“那太高兴了。可是大冷天……”

“顺便也想看看杉树……”

“是么？这儿不仅冷，说不定还会下阵雨，你要准备好了再来。尽管我可以点上几堆火。我在路边干活，你一来我准瞧得见。”苗子爽朗地说。

冬之花

千重子穿上长裤和毛衣，这是从来没有过的。脚上一双厚袜子很漂亮。

父亲太吉郎正在家里，千重子坐在父亲面前，同父亲打招呼。太吉郎不觉瞪大眼睛，望着千重子这身稀罕的打扮，问：

“爬山去么？”

“是的……北山杉那姑娘说，有事要同我商量，想见见我……”

“是么？”太吉郎毫不犹豫地说，“千重子！”

“哎！”

“要是那姑娘有什么困苦和为难的事，就把她领回家来吧……我们可以养她。”

千重子低下头。

“不错嘛。有两个姑娘，我和老婆子会觉得挺热闹的。”

“爸爸，谢谢您的好意。谢谢爸爸。”千重子俯下身去，热泪顺着脸颊流了下来。

“虽则你从吃奶的时候起，就由我们一手养大，我们一直把你当成心肝宝贝，可是对那姑娘，也一定尽量不分厚薄。她既然像你，准会是个好孩子。把她领家来吧。在二十年前，双胞胎被人看不起，现在已经无所谓了。”父亲说。

“繁子，繁子！”又招呼妻子。

“爸爸，我打心眼儿里谢谢您。可是，苗子那孩子绝不肯到咱家来的。”千重子说。

“那为什么？”

“她的心思，准是怕妨碍我的幸福。”

“那会妨碍什么呢?！”

“……”

“究竟会妨碍什么呢？”父亲侧着头又说了一句。

“方才我说，爸爸妈妈都知道了，让她今天来店里。”千重子含着泪说，“她顾虑伙计和邻居……”

“伙计怕什么！”太吉郎大声嚷道。

“我知道爸爸的意思，不过，今儿个还是我先去看看再说。”

“也好，”父亲点头说，“路上当心些……那么，你就把方才爸爸的话告诉苗子那孩子吧。”

“是。”

千重子在雨衣上加了风帽，换了一双雨鞋。

清晨，京都市区的天空晴朗无云，可是说阴就阴，北山那里或许要下阵雨。在市区就看得出这种天色。要是没有京都这一带秀丽低矮的群山遮挡，也许会看到那里正是天阴欲雪的天气哩。

千重子乘上国营的公共汽车。

去北山杉的中川北山町，有国营和市营两路公共汽车。市营汽车只开到京都市北郊尽头的山口（现已扩大）那里便折回来。国营公共汽车则一直通到远在福井县的小滨。

小滨在小滨湾旁，进而又从若狭湾伸展到日本海。

大概是冬天天冷，车上乘客不多。

一个有人伴随的年轻男子，紧紧盯着千重子瞧。千重子给看得有些发毛，便戴上风帽。

"小姐，求求你，别戴上那玩意儿藏起来嘛！"那年轻人声音沙哑，跟年龄很不相称。

"喂，不许说话！"旁边的男人说。

向千重子说话的年轻人，手上戴着手铐。不知是什么罪犯，旁边的人，大概是个刑警。翻山越岭，要把他押送到什么地方去呢？

千重子又不能摘下风帽，露出脸给他看。

车到了高雄。

"这是在高雄什么地方？"有个乘客说。

未必像他说的那样看不出来。枫叶已经飘零殆尽，树枝梢头已有冬意。

梅尾山下的停车场上，简直就没有车辆。

苗子穿着劳动服，一直来到菩提瀑布车站，等着接千重子。

千重子的这身打扮，乍一看很难认出她来。苗子倒一眼就认了出来。

"小姐，你来了，可太好了。真的，跑到这深山里来，真太好了。"

"哪儿是什么深山呀。"千重子没来得及摘下手套，便握住苗子的两手说，"真高兴。从夏天以后，就没见过面。夏天在杉山上那次，多谢你了。"

"那算什么！"苗子说，"话又说回来，要是当时雷真劈到咱们头上，又会怎么样呢？不过，那我也高兴……"

"苗子。"千重子边走边说，"你电话打到家里，一定有什么万不得已的事。你先说说吧，不然也没心思说话儿。"

“……”苗子一身劳动服，头上包着手巾。

“什么事呢？”千重子又问了一句。

“就是秀男他向我求婚，所以……”苗子也不知是踉跄了一下还是怎的，一把抓住千重子。

千重子搂住摇摇晃晃的苗子。

苗子平日劳动，身体很结实——夏天雷雨那次，千重子因为害怕，没留心。

苗子当即挺直身子，可是让千重子这么搂着，她心里很高兴。所以她宁愿这么靠着千重子走路，不想离开她。

千重子搂着苗子，不知不觉反倒靠在苗子身上。但两个姑娘谁都没注意到这一点。

千重子戴着风帽说：“那你是怎么答复秀男的呢？”

“答复？我当时怎么能马上就答复呢？”

“……”

“他把我当成你——现在当然不是认错人，可是你已经深深印在他心上了。”

“没有的事。”

“不，我很清楚。尽管没认错人，也是把我当作你的替身，他才求婚的。在我身上，恐怕秀男先生看到的，是你的幻影。这是一……”苗子说。

千重子记起：春天里，郁金香盛开的季节，从植物园回来，走在加茂川河堤上，父亲曾和母亲商量，把秀男招赘给她做女婿的事。

“其次，秀男先生家是织锦带的。”苗子加重语气说，“要是这么一来，跟小姐家的店发生点瓜葛，给你添什么麻烦，或是周围的人用奇怪的眼光打量我们，我就是死了也对不起你。所以，我真想躲开，躲到老远老远的深山里去……”

“你为什么这么想？”千重子摇着苗子的肩膀说，“今儿个到这儿来，也是跟父亲说好了才出来的。母亲也都知道了。”

“……”

“你知道父亲说了什么？”千重子更加使劲摇着苗子的肩膀说，“要是苗子那姑娘有什么困苦和为难的事，就把她领回家来吧……我是作为嫡亲女儿入的户籍。可父亲说，对那孩子要尽量不分厚薄。又说，我一个人也太孤单了些。”

“……”苗子取下包头手巾说，“谢谢了。”她把手巾捂在脸上。“打心里谢谢你了。”好半天说不出话来，“我，你知道，没有亲人，没有真正可依傍的人，虽然感到孤单，我尽量不去想，拼命干活。”

千重子故作轻松地说：

“关键问题是，秀男先生的事怎么样呢？”

“这事一时之间还答复不了。”苗子看着千重子，带着哭声说。

“手巾给我一下。”说着千重子接过苗子的手巾，“这么淌眼抹泪的就进村了？”于是给她擦眼睛，擦腮帮。

“不要紧。我虽然好强，干活不让人，就是爱哭。”

千重子刚给苗子擦好脸，苗子反倒伏在千重子胸口上，越发抽噎起来。

“这多不好！苗子，伤心了？别哭了！”千重子轻轻拍着苗子的背说，“你再这么哭，我可要回去了。”

“不，别回去！”苗子一惊，从千重子手里拿过自己的日本布手巾，使劲擦脸。

好在是冬天，看不出她哭过。只是眼白还有些发红。苗子用手巾把头包得严严的。

两人默默走了一会儿。

北山杉连一些小树杈都给修枝剪掉了，留在树梢的叶子，微呈圆形，清幽素雅，像冬天的花朵。

千重子觉得差不多了，便对苗子说：

“秀男画的带子，花样又好，织得也密，人是非常认真的。”

“是的，这我知道，”苗子回答说，“时代祭那天，他约我去来着。他当时与其说看身穿各朝服装的游行队伍，不如说在看游行队伍后面皇宫里的青松，和东山变幻的山色。”

“看时代祭游行，对他已经没什么稀罕了。”

“不，不是那么回事。”苗子用力地说。

“……”

“队伍走完之后，他非要我去他家不可。”

“他家？秀男先生的家么？”

“嗯。”

千重子不免有些惊讶。

“他还有两个弟弟。领我到屋后的空地上，他说我们两人要是结婚，就在那儿盖间小屋子，尽可能只织些自己喜欢的腰带。”

“那还不好！”

“好？他是把我当成你的幻影，才向我求婚的。我一个女孩子家，这类事自然也懂。”苗子又提起话头。

千重子一边走，心里一边游移，不知如何回答才好。

狭窄的山谷旁，有一条小小的山涧，那些洗圆杉木的女人正围坐成一圈儿，烤着手脚。篝火的烟，冉冉上升。

苗子来到自家的小屋门前。说是小屋，还不如说是窝棚。年久失修的草屋顶已经倾圮，呈波纹状。因为是山里人家，有个小院子，滋生蔓长的南天竹，繁茂高大，枝头结着通红的果实。就这七八株南天竹，也是枝杈交错、缠绕不清。

这座荒凉的小屋，当初或许也是千重子的家。

从屋侧走过时，苗子的泪水已干。这就是当初的家，是告诉千重子好呢，还是不告诉的好？千重子是生在母亲的娘家，恐怕没在这屋住过。苗子还在襁褓中，父亲就去世了，后来又失去母亲，究竟在这小屋住没住过，连她自己也记不大清楚。

幸好千重子只顾抬头望着杉山和放好的一排排圆杉木，没有留意这座小屋，径自走了过去。苗子也就没提小屋的事。

树干笔直，树冠略圆，顶端留着叶子，千重子一经看成是“冬天之花”，便果真像是冬天之花了。

一般人家都在屋檐下和二楼上晾了一排去皮洗净的圆杉木。白白的圆杉木，连根都收拾得干干净净的，竖了一排，煞是好看。也许比什么墙都美。

山上，杉树根旁的草已经枯黄。杉树的干，亭亭直立，一般粗细，显得很美。树皮带点圆斑，从树缝里，可以望见一角天空。

“你不觉得冬天美么？”千重子说。

“是么？天天看，看惯了，也就不觉得了。不过，冬天的杉树，叶子带点浅黄，是不？”

“就像花儿一样。”

“花儿？像花儿么？”苗子仿佛有些意外，仰望着杉山。

又走了一阵儿，有一幢古雅的房屋。大概是户大山主家。矮墙的下半截是涂成赭红色的木板，上半截一刷白，墙头有葺瓦的滴水檐。

千重子停下脚步说："好漂亮的房子。"

"小姐，我就住在这户人家里。进去看看好么？"

"……"

"不要紧。我在这家已经住了快十年了。"苗子说。

千重子听苗子说过两三次，与其说秀男把她当成千重子的替身，不如说当成幻影，才向她求婚的。

说"替身"，还好懂。"幻影"究竟是什么呢？——尤其是提到结婚的时候……

"苗子，你总说幻影幻影的，到底幻影是什么呢？"千重子诘问说。

"……"

"幻影岂不是摸不着看不见的东西么？"千重子接着说，突然脸上飞起一片红晕。不仅面孔一模一样，恐怕任何一处都和自己相似的苗子，要为男人所猎有了。

"无形的幻影是这么个样的。"苗子回答说，"它存在于男人的心头上或胸怀里，也可能取别的形式。"

"……"

"哪怕我变成六十岁的老太婆，而幻想中的千重子，不依然是如今这么年轻么？"

这话千重子听着十分意外。

"你居然想到这种事？"

“对一个美丽的幻影，是永远不会生厌的。”

“那倒也不见得。”千重子勉强说了这么一句。

“幻影，你不可能踏倒它，还不是自己为之神魂颠倒么？”

“嗯……”千重子觉得苗子带点妒嫉心在说话，“其实，哪有什么幻影？”

“这儿就有……”苗子摇撼着千重子的胸脯。

“我不是幻影，是苗子的孪生姐妹。”

“……”

“那么，你难道跟我的幽灵也做姐妹么？”

“看你说的。这是指你千重子呀。不过，那也只限于秀男先生……”

“你想得太多了。”千重子低头走了几步，又说，“要不，咱们三个人把事情摊开，好好谈一次好不？”

“谈什么？有时可以谈真心话，有时就不可以……”

“苗子，你那么爱多心么？”

“并不，但我也有一颗少女的心呀……”

“……”

“阵雨从周山那边移到北山这边来了。山上的杉树也……”

千重子抬眼望去。

“赶快回去吧。好像要下雨夹雪了。”

“我怕天下雨，带了雨具来的。”

千重子脱下一只手套给她看，说：“这只手，不像小姐的手吧？”

苗子一怔，两手握住千重子的手。

千重子还不知不觉，天就下起阵雨来了。连住在这村里的苗子，恐怕也没留心到。这雨，不同于小雨，也不像是毛毛雨。

听苗子这么说，千重子放眼向四面山上望去。意态清寒，云气蒙蒙。山麓下丛立的杉树，一株株反而更加分明。

不大一会儿，群山的山头，云雾凄迷，分不出界限。与春天的云霞不同，天色先就不一样。现在这天色，毋宁说更像是京都的。

低头一看脚下，地面已经有点潮了。

群山不着痕迹地抹上一层浅灰色，云雾缭绕。

过了片刻，云雾浓重，从山谷上飘下来，还夹着一点白的。成了雨夹雪。

“早些回去吧。”苗子这么说，是她忽然看见那点白的东西。说不上是雪。雨中有雪，雪又时有时无。

山谷里天时不同，已经薄暗微明。骤然冷了起来。

千重子总也是京都姑娘，对北山那种阵雨并不感到陌生。

“趁你还没有变成冰冷的幻影之前……”苗子说。

“又是幻影！”千重子笑了，“我带着雨具呢……冬天的京都天气多变，下下就停了。”

苗子抬头看看天说：“现在就回去吧。”说着紧紧握着千重子没戴手套的那只手。

“苗子，真的，你想过结婚没有？”千重子问。

“偶尔想过……”苗子回答说，并且情意深长地给千重子戴上那只手套。

这时，千重子说：

“到我们柜上来一次吧。”

“……”

“来吧。”

“……”

“等伙计下班之后。”

“晚上么？”苗子吃了一惊。

“住过夜。你的事爸爸妈妈都知道。”

苗子的眼睛露出喜悦的神色，但又有些踌躇。

“哪怕咱们一起过一晚也好。”

苗子站在路边，转过身去，背着千重子潸然泪下。千重子当然不会不知道。

千重子回到室町店里时，城里只是阴天而已。

“千重子，你回来得正好，还没下雨。”母亲说，“你爸爸在里屋等你。”

父亲不等千重子招呼完，便探着身子问：

“千重子，那姑娘说什么了？”

“嗳。”

千重子不知怎样回答才好。三言两语也说不清。

“说什么了？”父亲又问了一句。

“嗳。”

千重子虽然懂得苗子的意思，但有的话也不甚了了。秀男实际上意在千重子，由于难以如愿，只好死了这条心，转而向长得酷似千重子的苗子求婚。姑娘家心细如发，苗子当然很敏感。所以，便对千重子说起“幻影”这套怪论来。难道说秀男心里想娶千重子，而拿苗子来移花接木吗？千重子觉得，这倒未必是自己自负。

但是，说不定事情并不止于此。

千重子不敢正面看父亲，羞得连头颈都红了。

“苗子那孩子是光想看看你吗？”父亲说。

“是的。”千重子决然抬起头来，“据说大友家的秀男向苗子求婚了。”千重子的声音有些发颤。

“唔？”

父亲审视着千重子，沉默有顷。好像猜着了什么。不过，没说什么。

“是吗？和秀男？要是大友家的秀男，那倒不错。说实在的，各人有各人的缘分。恐怕这也是因为你的关系吧？”

“爸爸！不过，我觉得苗子不会跟秀男好的。”

“噢，为什么？”

“……”

“为什么呢？我觉得蛮好的……”

“倒不是好不好的事，爸爸，您还记得么？您在植物园可是说过，把秀男招赘给千重子怎么样。那姑娘可是知道这层意思的呢。”

“哦，这是怎么回事？”

“而且，她好像还考虑到秀男的织带铺同咱们店多多少少有些交易。”

父亲把不住心跳了，默默无言的。

“爸爸，求您件事。哪怕一个晚上也好，让那孩子来家里住一夜吧。”

“当然可以。这有什么……我不是说过吗？收养她都行。”

“那她绝不肯来的。就一个晚上……”

父亲不胜爱怜地看着千重子。

听见母亲在关窗上的挡雨板。

“爸爸，我去帮一下忙就来。”说着千重子站起身来。

阵雨悄没声儿滴落在檐头。父亲木然坐在那儿。

龙助和真一的父亲，请太吉郎到圆山公园的左阿弥吃晚饭。冬日天短，从高高的客厅俯瞰市街，已经是灯火点点了。天空灰蒙蒙的，没有晚霞。街市除了灯火，也是灰蒙蒙的。真是一派京都冬天的色彩。

龙助的父亲，是室町街上的大批发商，生意兴隆，为人可靠，可是今天说话却有些吞吞吐吐。一边踌躇，一边说些闲话来拖时间。

“其实呢……”他借着酒力终于点到了正题。而性情优柔寡断或者说日渐消沉的太吉郎，大约也猜到了水木先生要说什么。

“其实呢……”水木期期艾艾地说，“大概您从令爱处也听到些关于龙助那个愣小子的事吧？”

“啊，我这人很不中用，所以令郎龙助少爷的好意，我十分领情。”

“是吗？”水木轻松起来，“这小子很像我年轻的时候，一旦打定主意，谁也劝不过来。实在没有办法……”

“我倒是非常感谢他。”

“真的吗？听您这么说，我总算放下心了。”水木当真按着胸口说，“那就请您多多包涵。”说着鞠躬如仪。

太吉郎的店尽管日渐萧条，但要搬请同行中的后生来帮忙，总是近乎耻辱。要是说来见习，从两家店的规模来说，倒是应该反过来才对。

“对于小店来说，是求之不得，但是……”太吉郎说，“宝号少了龙助少爷，恐怕不大方便……”

“哪里哪里。生意上龙助只是道听途说一点皮毛，哪晓得多少。从我这做父亲的来看，怎么说呢？他人还是很踏实牢靠的……”

“是啊，到小店来，忽然板起面孔坐在掌柜面前，我都吃了一惊。”

“他就是那么个人。”说完，水木喝着闷酒。

“佐田先生。”

“哦？”

“倘能叫龙助到府上帮忙，即便不是天天去，他弟弟真一也会慢慢长点志气，这一来也帮了我的忙。真一性格温良，直到现在龙助还动不动就嘲笑他，叫他‘童子小哥’的，真是不像话……祇园会上真一曾经坐过彩车……”

“因为长得眉清目秀的。同我家千重子从小就是同学……”

“令爱千重子……”水木一时语塞。

“令爱千重子……”水木又重复说，口吻甚至有点怒意，“怎么出挑得那么漂亮，好一位出色的小姐。”

“这不是靠父母的力量，是孩子自己天生成的……”太吉郎率直地回答道。

“想来佐田先生心里也明白，府上同我们可算是同行，龙助之所以要去府上帮忙，也为的是想在千重子小姐身旁，多待上一时半刻的。”

太吉郎点了点头。水木擦了一把额角，龙助的前额跟他很像。接着又说：“这小子虽然丑，但办事能干。我绝不敢有任何勉强的意思，万一有朝一日，千重子小姐对龙助还觉得中意，我这实在是老着脸皮，能否请佐田先生招门纳婿？我可以废掉他作为长子的继承权……”说着，又低头一礼。

“废掉……”太吉郎简直吓住了，“偌大一个批发商的嗣子……”

“这并非就是一个人的幸福。最近看到龙助那样子，我便这么想。”

“承您厚爱，不过，这种事全要看两个年轻人将来是否情投意合。”太吉郎避开水木的锋芒说，“千重子是个捡来的孩子。”

“捡来的孩子又怎么样呢？”水木说，“我这些话，佐田先生心里知道就是了，龙助去府上帮忙，您看可以吧？”

“那好吧。”

“多谢多谢。”水木看来满心高兴，举杯饮酒的样子也自不同了。

第二天清晨，龙助早早来到太吉郎的店里，立即把掌柜和伙计召集拢来，开始盘货——漆染绸、白绸、绣花绉绸、单丝绉、绫葛、高级绉绸、绢绸、结婚礼服、长袖和服、中袖和服、普通和服、花锦缎、缎子、高级印花绸、会客礼服、织锦腰带、里子绸、和服饰物等。

龙助只是一旁看着，什么也不说。自从上一次较量之后，掌柜在龙助面前赔着小心，不敢拿大作势。

虽经挽留，龙助仍赶在晚饭前回去了。

当晚，“笃笃笃”敲着格子门的，是苗子。那声音只有千重子听见。

“哟，苗子！从傍晚起就挺冷的，你来了可真好。”

“……”

“星星出来了。”

“听我说，千重子，见了你父母，我该怎么招呼才好呢？”

“你的事他们都知道，见了就说‘我是苗子’就行了。”千重子搂着苗子肩膀，走进屋，问道，“晚饭吃过了么？”

“我在那边吃过鱼肉饭卷来的，甭张罗了。”

苗子虽然有些拘束，但二老一看到这么相像的姑娘，简直瞠目结舌，几乎说不出话来。

“千重子，你们上楼去吧，两个人从从容容说说话儿。”还是母亲繁子乖觉。

千重子拉着苗子的手，走过窄窄的廊子，上了后楼，点上暖炉。

“苗子，来一下。”把她叫到穿衣镜前，凝视着两人的面庞。

“真像。”千重子浑身感到热乎乎的。两人又左右对换位置站着，“真是活脱儿像。咦？”

“孪生姐妹么。”苗子说。

“人要是尽生双胞胎，那会成什么样子呢？”

“准是老认错人，麻烦得很。”苗子退后一步，眼睛湿润了，“人的命运真不可思议呀。”

千重子也退到苗子身边，用力摇着苗子肩膀说：

“你就住下来不好么？爸爸妈妈都这么说……我一个人又很孤单……虽然杉山那里不知有多舒畅……”

苗子仿佛站不住似的，一歪身跪了下去。一边摇着头，眼泪滴在膝盖上。

“小姐，直到现在，咱们的生活境遇都不一样，教养也不同。室町这儿的生活，我未必过得惯。就让我到府上来这么一次，只要这么一次就行了。也是想穿上你送我的衣服，让你看看……再说，你杉山都去过两趟了。”

“……”

“而且，婴儿中，父亲抛弃的是小姐你呀！虽然我当时什么也不知道。”

“这些事我早就忘记了。”千重子毫不在意地说，“我现在也不去想，我还有过那样的父亲。”

“我想父母他们也许是受到报应了……尽管我那时还是个婴儿，请你原谅吧。”

“这事有你什么责任和罪过？”

“倒不是这么说。先前我说过，我苗子绝不妨碍小姐你的幸福。”苗子放低了声音说，“所以，还是销声匿迹的好。”

“不行，你这是怎么说的……”千重子用力说，“你这样可太不公平了……苗子，你觉得不幸么？”

“没有，但是感到孤独。”

“幸福是短暂的，孤独是长久的，你说是不？”千重子说，“咱们睡下去，再好好聊……”千重子从壁橱里拿出铺盖来。

苗子一面帮忙，一面说：“幸福大概也就是这么回事吧。”然后侧耳倾听屋檐上的声音。

千重子见苗子凝神细听，便问：

“阵雨么？还是雨夹雪？要么是阵雨里带雪花？”说着千重子也停下手来。

“谁知道呢，或许是小雪？”

“雪？”

“这么静！这不是平常下的雪，实在是小极了的那种细雪。”

“哦。”

“山里常常下这种细雪，干活的时候，不知不觉间，杉树叶上铺了一层白，像花儿似的，连那些冬季落叶的枯树尖上，都变得雪白。”苗子说，“真是美极了。”

“……”

“有时下下就停了，有时变成雨夹雪或是阵雨……”

“要不要打开挡雨板看看？看一眼就知道了。”说着千重子起身要过去，苗子拦住道：“甭开了。怪冷的，你会感到幻灭的。”

“幻呀幻的，你就爱说这个字。”

“幻影么？”

苗子姣好的面庞上，笑容可掬，但是隐约有一层凄婉的神情。

千重子刚要铺被褥，苗子忙说：

“千重子，就让我给你铺一次床吧。”

两个被窝并排挨着，千重子默默地钻进苗子的被窝。

“啊，苗子，好暖和。”

“干活毕竟不一样些。住的和……”

苗子紧紧搂着千重子。

“这样的夜晚，要冷的。”苗子压根儿不怕冷的样子，“细雪下下停停，停停下下……今儿晚上怕就是……”

父亲太吉郎和母亲繁子好像上楼走进隔壁房间。因为上了年纪，用电毯暖被窝。

苗子凑近千重子的耳边，悄声说：

“你的被窝已经暖和了，我挪过去睡啦。”

等到母亲把纸门拉开一条缝，看看两个姑娘的卧室时，已是后来的事了。

翌日清晨，苗子绝早起床，叫醒千重子说："小姐，这大概是我一生中最幸福的一晚了。趁着还没人看见，我回去了。"

正如昨晚苗子说的，夜里果真细雪下下停停，此刻正是细雪霏霏、寒气袭人的清晓。

千重子起来说："苗子，你没有雨具吧？等一下。"她把自己最好的天鹅绒外套和折叠伞、高底木屐拿给苗子。

"这是我送你的。以后还要来呀！"

苗子摇了摇头。千重子扶着格子门，一直目送她远去。苗子没有回头。千重子的额发上，飘洒下几点细雪，霎时便融化了。市街依旧在沉睡，大地一片岑寂。

（1961—1962年）

虹　にじ

汪正球　译

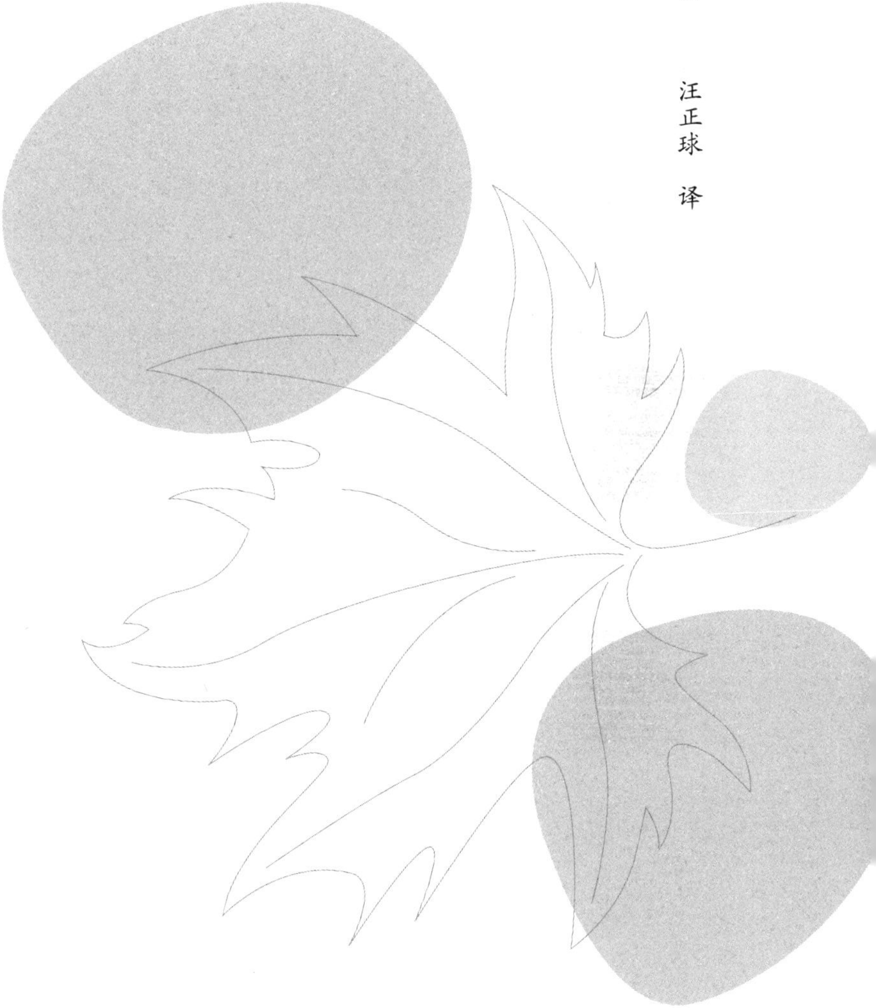

这孩子就拜托给你了。请好好照看她。

——众舞女上

她们把写着这句话的便笺让花子拿着。不过说喜欢木村要去他家投宿这件事，是花子主动提出来的。花子对揣在怀中的纸条上写着什么也并不在意，摇摆着双手走在前头，敲着仿佛响板似的竹板。众舞女只是为了看着她进入木村的公寓才跟着她去的。归程中，舞女们就像着了火似的撒着欢儿，远远地步行至盛开着夜樱的上野公园。等最后到绫子家睡觉，已经是电车声清晰可闻的黎明时分，但是绫子还是九点钟就醒来了。

她每天早晨都去练习日本舞。在十天换一次节目的表演中，头一天在终演后要拍舞台剧照，从第四天开始得为下一轮演出进行练习。散场后能马上回去的，只有第二天和第三天。因此绫子常在后台打盹儿。在浴池中，她感到缺血。即便如此，她还是决心一生不嫁，立志当一名舞蹈老师，所以早晨的舞蹈练习她从不松懈。

只有绫子还没有修剪头发。昨夜偷折下来的樱花，从她的头上掉落下来，被身旁的藤子压在微闪着汗光的粉颊下面。四个人同睡在一张大床上。床头两人，床尾两人，对躺着挤成一团，她们可人的体温带着酣美的疲惫。绫子一个人悄悄溜出了家门，就连夜晚去公园里给人相面的父亲也还在睡梦中。

她本想马上去好好嘲弄木村一番，结果等她兴冲冲地登上公寓二楼，一声不吭地打开门，却见屋内只有花子一人还在熟睡。绫子被吓得猛站起身，痴痴地呆望着，她没想到花子会一直睡到早晨。

黄里透红的整幅腰带，长长地堆散在枕旁。竹板散搁着。不过花子是和衣而睡的。两条人造丝的长袖从被子里长出来似的，直散到头顶上的席子上。浓浓的口红一如昨晚，涂得整整齐齐，将稍许泛黄的牙齿染成了微红。

花子虚岁十一。

玻璃窗上只有一幅遮阳的白布窗帘。竹板上的手垢与花子长衬衣上的污渍显得很不协调。但成人妆反而给她的睡貌平添了几分孩子的稚气。

“好孩子！抓紧点。”绫子无意地自言自语，快活地连连摇头，然后悄悄合上了门，低着头匆匆地离开了。

正值赏花时节，兴许是游客起得早，木马馆的大门已经打开了，女侍正忙着给未开动的木马掸灰。门前已是人声鼎沸，绫子也探过头去看，只见一个流浪汉似的男子，仿佛手脚都给折断的青蛙乱折腾。他肩负四角灯笼似的广告箱。也许是什么中毒患者吧。两三只翅膀上扑腾着灰尘的鸽子飞落下来。观光客的表情大多跟木马似的，一动不动。其中只有一个人蹲着，一副病人般的凄苦表情，一眨不眨地茫然远望。他就是木村。

看到木村，绫子忽然心里一亮，从背后拍了一下他的肩膀。木村刚睡醒似的站起来，紧跟在绫子身后。

“你在看什么呀，脸色怎么这么难看？”

“是吗?！”

“花子还在睡呢，她可真可爱呀！”

“腿有点麻了，”木村摩挲着大腿，“我在想谁会来抱她的大腿。”

“所以你就一直蹲在那儿等着？真傻帽儿。”

“去练舞是吗？”

“是啊，真困呢！昨晚她们三人从那边回来就睡在我那里。我们一直走到上野公园。回来后在床上一直叽叽喳喳闹到天亮。只有阿银是一会儿就睡着的。真拿她们没办法。”

“阿银的身子很冷的。”

“咦?！”绫子直盯着木村惊愕道。

五重塔的旁边有棵高大的银杏树，银杏鲜嫩的叶子沐浴着朝阳，那绿色明丽得直叫人晃眼。被保姆抱在怀中的婴儿，用不太灵便的手势，乱撒着鸠豆。

“对了，木村你可是常跟阿银一起跳舞的呀，在开幕之类的时候。”

“真不舒服。”

“是吗？中根先生可说过，身体冷的女人，舞准跳得好。”

“到底是怎么回事我也弄不明白。也许是阿银跳舞跳得很认真的缘故。那种人肯定薄情寡义。”

“是吗？此话怎讲？”

“今天早上，花子也讲我太薄情了。我先起了床，打算出门，就叫醒了这孩子。她竟然说：‘啊，木村先生真是个薄情郎呢！’都把我笑得直不起腰来了。”

“然后她又一个人睡着了？”

“为什么把花子送到我家里来过夜呢？”

“你不明白这里面的理儿？因为我们大伙儿都十分喜欢你，我就是这样想的。”将昨晚在她的脑海里闪过的秘密，像爱讲水话似的公开，自然是有点狡猾。不过，看到木村一点也不动声色，绫子又像隐瞒自卑感似的说：

“这孩子真少有。她竟然常常夸口说要做木村先生的妻子。”

“昨晚她说个没完，我就告诉她说我最喜欢睡着时的女孩，她才马上入睡了。”

“真可爱。”

“是真的。”

“你喜欢睡着的女孩？哼！”

“怎么啦?！”

“我想我听到了一条好消息。”

“花子在上床之前还正儿八经地算账呢。她总爱把破口袋似的用得很脏的钱包别在腰带上，就像乡下老太太似的。一个晚上她能收不少赏钱吧！”

“到底挣了多少？”绫子性急地问道，她的脸上随即闪过一丝羞涩，“木村你说说，我跟花子究竟谁苗条？花子就爱讲一些没羞没臊的话招男人喜欢，她小小年纪倒是挺能干呢！真是个可爱的怪东西。那些把她看成可爱的洋娃娃的男人，都会反过来变成她手中的洋娃娃。你以为我想事情想得有点出格么？有一次，西林先生趁我们在跟杂志社的人一起饮茶之际，问我们是否准确知道自己的钱包里入账多少。她当下就说：‘只有我清楚。大家都说不清楚。’她是在撒谎。我从来不会讲假话。我们去西林先生那儿，常吃水果呀什么的，总是由我用报纸把香蕉皮、苹果皮包好，在回去的路上扔掉。西林先生就曾笑话我：‘绫子好可怜，我跟她结婚得了。’像我这号人，在舞台上再也不叫座了。你说我真的那么大姐姐味了？”

“得了。”木村像在无意间吹着口哨似的轻描淡写，“每天早晨都去练习日本舞蹈，到底为啥？”

绫子忽然兀自站立不动：

“你这人真坏，根本就没有听我在讲什么嘛！你说为啥就是为啥。”

“这么勤奋练习，想当什么？”

他的话语含着一股子孩子气的天真，不过语气冷漠、空洞。

可是绫子没有迁怒于他。这位比她小一岁的十七岁的少年郎身上，有一种任谁也不忍对他发怒的可人劲儿。绫子反而态度越发认真起来。

“做歌舞剧里的舞女嘛，我不是那块料；只要混到一个艺名，我就不会再跳了。我也不能嫁人。”

“为什么下这么大的决心？”

“真讨厌，像孩子一样问个不停。”

“我跟谁讲话舌头都不灵。”

“就是。蝶子说过，在舞台上跟木村一起演戏，肯定会念错台词的。她说她讨厌跟英俊的男人在一起演戏。不过，这肯定不是英俊的错。练习跳舞，根本就没有什么用处，给你这么一开导，我今天也想休息休息了。你考虑过将来的目标么？你打算当什么？”

“我想当飞机驾驶员。”

“飞机驾驶员？”

“飞行员？”答复过于唐突，她不由得鹦鹉学舌般重复了一句。然而她觉察到少年的语调中，透露着令人痛彻的空虚的梦幻。她笑着掩饰道：

“真是异想天开呀！你曾在地铁里工作，却想当一名飞行员。真像是说相声。一个猫在地底下的人却想飞到天上去。”

木村曾在地铁当过乘务员。他身穿制服，乍看上去像是义庆大学的学生。使本来就温和可人的公子哥儿似的他，显得愈发洒脱不俗，以致成为歌舞团里舞女们的议论中心。跟绫子在一起的兰子，也不知道怎么去勾引的，跟他交了朋友，甚至让他住到了自己的公寓里。在一家家戏班子间奔走、离开了浅草的年长色衰的舞女们，倒时常给巡回演出的舞蹈团相中，今年二月兰子连木村也一起带去了。但是木村一个人突然从甲府溜了回来，据说他是逃出来的。

不过，他仍然若无其事地住在兰子的公寓里，在原先的小剧团工作。兰子也没有来过一封信。倒是本来两三年前就分了手的兰子的丈夫，到过公寓两三次，每次都随意地把她仅剩的一点衣物拿走，木村对此也毫不在意。

虽然明知绫子是往舞蹈老师家的方向去的，但是他也不清楚要跟她到何处为止。木村眼中全然一副没有绫子的表情。不过，他信马由缰似乎也不只考虑自己的事，其结果还是多多少少受了绫子的吸引来的。当绫子这样思忖时，反而失去了主张，更加难舍难分。而且，她不知怎的慢慢较起劲、认起真来，有一种淡淡的寂寞感。

明知最后是走了远路，但是一出隅田公园，便是草长莺飞、樱花满树的好景致。这虽然是常见的风景，但绫子还是极为珍惜，觉得如有神助，脑海里不由浮现出“世界真广阔”的喟叹。

她虽想提醒木村，给他以希望，但是终归无能为力，只能相伴在一起随兴而行。

煽动花子去借宿，就是喜欢木村的舞女们的现身说法。绫子刚才甚至解剖到了这一层。不过，其中似乎隐含着对自己这伙人极为危险的因素。

手摇竹板、挨家挨户地去咖啡馆或小饭馆卖唱的花子这孩子，到底特别喜欢木村的哪一点呢？绫子对此感到惊惧，脑中浮现出了花子纯真妩媚的睡姿。

银子在初浴过的身体上穿件习舞服，手里拿着橘子跑步赶到练功房门口。她将短发自然地撩在耳后，圆圆的粉脸，淡淡的蛾眉，乍看上去仿佛表情严肃的偶人。而且，她边用手中的橘子揉着半边脸，边把脸转向一边。虽然是熟人，新闻记者还是语气郑重地絮叨着宣传呀、成名呀之类的陈词滥调。可是银子的感觉似乎与此相去甚远，她坦率地说根本没有看过这类报道，也无意接受邀请。记者十分焦躁，说他接受了报馆馆长的任务什么的，一个劲儿地劝说、哄骗，银子仍然缄口不语。正在这当儿，藤子从练功房走出来，银子马上上去抱着藤子的脖子：

“阿藤，跟我一起去好么？”

“欢迎。”藤子圆通地跟记者打招呼。

“去喝茶好么？”

“好，成。”

“走吧。”两人搂肩搭背，晃晃悠悠地离开了练功房。

后台的女墙外面，已有一位年轻的男士在等着。

银子说过，她不知道自己一个月的收入是多少，这点是千真万确的。父亲每月都来借两三次钱。银子十分讨厌，不跟他见面。父亲也很少到后台去。只是偶尔从会客厅的一角，远远望一下舞台上的银子就回去了。他居所不定，因此银子也自然没有固定的居处。练舞到夜深时，她就跟大伙儿一起睡在休息室里，哪怕十天里面那两三天可以早点回去的晚上，也是到剧团内的演员夫妇家或舞女的家中去借宿。银子乐此不疲，对方多数还是乐于接受她。因此，在这件事上，她自然是缺少定性，往往忘记一个小时前的约定。即使没忘前约，也常常睡到后来相邀的人的卧室中去。不过作为整天跳得筋疲力尽的舞女，她的睡相却不可思议的乖巧娇媚，入睡时脸上带着与白天判若两人的温馨微笑。

虽说如此，银子也有一张卧榻。这张床放在绫子家中，是一张老式的、结实的大床，床头雕饰着花卉图案。去上野赏过夜樱回来时，四个人共寝的就是这张床。虽说是母亲的遗物，可说不定母亲还生活在世上的某处。她的父亲嗜赌成性，不干好事，可是在前来支借女儿的薪水时，还是留下一丁点零花钱，这样做是团长的好心还是父亲的爱心，银子根本不予理会。她压根儿没有自己的衣服与用品，没有任何女孩子的爱物。

虽然一目了然的后台一片狼藉，就像陈衣房或杂物间一样，可是舞女们却例外地秩序井然。许是出于吝啬的占有欲，租来的人造绢丝成衣，以及其他场子用旧了的脏戏服，在使用期间舞女们都十分珍惜，根本不会把别人的东西误穿在自己身上。只有银子总是张冠李戴，脚穿不对码的舞鞋出去，也成了她的家常便饭。旁边的绫子一一帮她清点，仿佛是银子的亲姐姐或女佣一般，对她照顾得无微不至。

银子还特别怯于跟舞迷们见面。常常是当有人传信时，只是应答一声，就站在镜子前面挪不开步。身体与脸庞虽不那么显眼，但是由于脖子跟脚指甲积垢未除，只有在化妆方面特别认真细致。其他的舞女往往忙中偷闲，去看看电影、转转小吃店什么的，这种时候，银子一步不离镜子，不仅毫无倦乏，还神采奕奕、目光炯炯地摆弄玉容，当然这也绝不是她缺少零花钱的缘故。休息室里她散漫无羁的所作所为，反过来证实了现实的冷酷与强劲。

诸如此类的事实，兴许具有使她成为舞女群中的舞花的力量。舞蹈编导中根一直带着恋人的眼神注意着银子，这一阵子开始感觉到她身上的柔弱之处。从十七岁开始，一到台上起舞，她的肌体就是柔滑而艳丽的，她的胸部与手臂柔软而丰润。不过，从腰到脚，仔细看上去会发现伸展时过于纤瘦、不太对称，给人以缺乏平衡之感。而这正是少女式的清纯爽洁之处，叫人爱怜之处，正好打动客人的心。不久，中根慢慢觉察到银子的身体虽是早熟型的，却发育不成大人的体型，令他十分无奈。也就是说除了让她了解男人之外别无他法，想到这一点，他带着一丝微笑，悄悄地劝说银子，让她转到有更好的编导的大歌舞团或是电影制片厂去。

“讨厌。”银子历来回答得十分干脆。不过，这只能视为是她没有认真听取中根的劝告的证据，因为她的话音里没有任何阴郁。

舞女们本来是没有进行基本练习的空余的。团里直接把业余爱好跳舞的女孩赶上舞台，这与其说是学习，倒不如说是模仿，而且只要身体稍微能动的人都可成为演员。让她们跟着编导进行三至四个晚上的练习，跳完五六曲爵士舞曲，就这样一个月内匆匆忙忙操练上三回。总之只要敷衍得过去就成了。中根为此疲于奔命，却从不说缺少舞女。不过。年仅二十七岁的中根，比起对舞女发脾气，倒是常常自己灰心丧气。起先，他对有干部资格的男演员们，热心地诉说舞女们各自的长处与短处。但是过不多久，他便明白：谁也没有认真听他的诉说。不仅如此，他的话会马上被传给那些舞女，女孩们也变得更加难以对付了。

于是不知从何时起，中根总把舞女们的闲话讲给银子一个人听。她没有把一点一滴泄露给她的朋友。真是太不可思议了。虽然银子明白绝对不泄露分毫，可是不知怎么搞的，中根总是预先就打招呼说：

“这是秘密。你别声张出去。”

银子就像听老师训话的小学生一样，一个劲儿地点头答应。

不过，她跟中根极为合拍，从没得意忘形地唠叨个不休，也没有向朋友搬弄是非。这并非出于对中根的好意才闭口不语，也并非为严守秘密而刻意为之。为此，中根对银子感到某种朦胧的爱意，虽然也不时有伤感；对银子说舞女的是非，使他心中感到舒坦，感觉不仅像恋人，更像是夫妻间的交谈。

排练时如果银子不在，中根心里就不会踏实。

跟银子一起出去的藤子，听报社记者说给她买化妆盒，就进了化妆品店。这期间，她发现自己被人甩了，连常去的咖啡馆里也没找到他们三人，就马上回去了。从那时起约莫过了两个小时，已是十二点过后，当大家在舞台后面的大道具下喝着只浮着几片菜叶的简直弄不清楚是什么汤料的菜粥的当儿，银子才上气不接下气地跑进来。

她麻利地解开棉斜纹哔叽腰带，同时骨碌骨碌缠在手上，然后搭到竖放在一旁的旧舞台布景上。

“来晚了，对不起！”她脸上没有一丝笑容，向中根低下头，身上套着练功服。

木村怀抱曼陀铃，从后台走了出来。

“你到哪儿去了？阿银，太出格了。”藤子埋怨道。在藤子身后，男人们以令人惊讶的舞台台词，奚落着银子。木村经过银子的身边时说：

“有什么大惊小怪的？银子要是心里有愧，脱和服就不会那样麻利……”

像是有什么消失了，大家突然不作一声。就这样，木村又回到后台。

由于银子回来了，她与木村的二人舞的编排就安排在第一个。木村虽然说过银子的舞蹈过于寡情，但是他进入剧团日子还浅，练习也很疏荒，作为银子的舞伴，他也不怎么理想。但他化妆之后一站到舞台上亮相，从观众席的最后一排，都能看得清少年深深的眼睫毛，个中有一种甘美的梦幻般的空虚，具有将强出好多的银子的舞蹈衬托得华丽耀眼的惊人效果。哪怕是男性观众，听说也奇怪地颠倒了过来，不是为银子，而是为木村所吸引。总之，两人的恋人舞跳得天真又明快，人们对此习以为常。

可是在排练时，木村似乎忘记了中根，虽被银子的活泼所吸引，仍像一个遭毁坏的偶人般慵倦疏懒。

“刚才我遇见花子了，她说不排练的日子还要去借宿。问我们下回还送不送她。”趁中根下到乐池跟弹钢琴的乐师商量的间隙，银子做了两三种舞姿，神情恍惚地说完之后，便径直消失在舞台里面，随后带出来一张名片。

“先生，我见到了这个人。”根据她告诉中根的情况，报社记者跟名片上的男人，答应把银子推荐到更大的舞蹈团，准备把她包装成明星推出。为此，首先得为银子组成一支后援啦啦队，而且要保证她一生的生活，让她学习音乐与舞蹈。名片上的男人是会长，会员全是社会名流与良家子弟。或许他可以跟银子结婚。

中根漫不经心地笑出声来：

“这真是杰作。如果可以跟会长结婚，又有后援啦啦队，那么一生的生活保证是享受不尽的。”

“不过，先生，好像是个很纯情的学生呢。”

银子大大咧咧地信口而出，中根吃惊不小，盯着银子：

“那你怎么答复的呢？”

“什么答复？讨厌，这种事……”

“你拒绝了？”

“嗯。”

“说起来倒挺美的，不过也许是真的。那个学生肯定很认真，他是经过深思熟虑的，可能是阔佬的公子。”

“我不晓得。”

“报社记者兴许听了学生的奉承，受了他的委托。”

“讨厌。”银子嘻嘻地笑着，下颌都快抵到胸前了。

“不过，找到一条出名之路真不赖。”

“讨厌。”

“今后何去何从，你没有考虑过吧。”

“没有。我不懂得考虑什么。”

“这可不成，排练结束后，你在后台等我。”

“好的。”看到她诚恳点头的样子，中根意识到银子的心底隐含着对他的好感，但她是不想去大表演团的。中根觉得银子这个女子并非尘世的俗客。

银子跟木村一起回到后台，趴到镜前不一会儿，只听见从三楼的寝室的窗户那儿传来木村的咆哮声：“喂，起来！喂，起来！”从二楼窗户往上望去，只见木村从窗户的围栏那儿探出胸来，望着下面大声喊叫。

五月的月明之夜，藤架上的鲜花盛开。花架下的长凳上，好像躺着十二三位流浪汉。

“喂，给我起来！”木村把香蕉以及吃剩的寿司，噼噼啪啪直往藤架上扔。可是不见有人动一动的样子。

“你就歇歇吧。瞧你疯的，到底怎么啦？”银子趿拉着拖鞋，走上三楼。

蝶子扯落了晾在窗边的衣裳，从并排着的镜台里面钻出来，在休息室里满屋子乱跑。她只穿着裹胸和短裤，如此穿戴竟跳到后门的木门外面。

“啊，下雨了。”就在抬头看天的当儿，她叫木村逮住了。像是可惜布舞鞋给雨淋湿似的，她吊在木村肩上回到屋里。他也没再去摁她。蝶子像抱着自己的棉被似的，手紧贴着脸颊躺下来。木村就坐在她的背上，用一只手翻开脚本，开始互对台词。

木村跟蝶子，都比绫子与银子小一岁，虚岁十七。两人站到一块，蝶子的身材只够得到木村肩部。

木村一个人怎么着也记不住台词。绫子责怪他是因为他根本不想记。银子也笑着羞他，说他是为了摆谱，显示一副叫人恶心的老内行的神气，才故意不记台词的。银子的嘲讽可谓一针见血，虽然他不大像少年，且当演员的日子也不长，但是一出场，总有一种不言胜负的随随便便的气度。

不过，在观众眼中，他不适合舞台这一点不仅根本看不出来，反过来他局促不安的外行相，跟他高贵的容貌却相得益彰，创造出少年般的青春魅力。不过，令人奇怪的是，初演之时不分日夜，大部分的台词都要人在暗处协助他，这一点已成惯例。可到了第二天上台时竟然没有任何阻碍地全部流涌出来。也就是说，排练时那么难以灌到脑海中的台词，一旦到了舞台上，又马上悉数记起。木村的这一点，文艺部的西林最为憎恨。不说十天轮演的紧张匆忙，也不论多少有点虚假成分的剧幕，演员把台词弄错本身竟反而成为一种即兴的幽默，真叫人苦恼万分。木村的这一特点，有绝对不容宽恕之处，有非用刀刃深剜之方解心头之恨的感觉。因此，在这次排演中，他带着未曾有过的恶意要整一整木村。

当然，木村对此毫无觉察，没想过对手西林竟为自己内心的空洞所迷惑且深陷其中。在旁观者看来，他仍像一个质朴纯真的少年，温柔的脸颊上染着蔷薇色，略含羞涩，西林尖酸刻薄的微词他一点也没听入耳中。

“哎呀，反正头一次上台就记得起来，排演时马虎一下算了。”他像女孩儿一般地撒着娇，还用脚尖打着响子。

“混账！你以为你还是个孩子，一个死不改悔的坏种。你马上给我去死吧，怪不得演技老没有长进。”

“我根本就不想长进。”木村口气忽然冷淡下来，把脸转向一旁，他的脸上当即就挨了一记耳光。因此，为了应付明天的首演，他跟蝶子一起，想把台词背熟。

自己一个人要把台词默诵下来，对他来说比登天还难。

蝶子马上从坐垫下面拿出自己的剧照，用歪歪扭扭的罗马字做着记号，把台词塞给了骑在她背上读脚本的木村。

“我想睡了。不行，你这样子，像是读小人书，要更像表演一点才行。”

“这里又不是舞台。”

“你想吵醒我是吧？”她把紧缩着的脖子翻过来，向上望着木村。这是“跟我接吻吧”的暗示。接吻游戏在他人眼中可谓人见人爱，蝶子就喜欢这种游戏。

木村的眼睛根本没有离开脚本，于是她说：

“我睡了。”

“不行。”

“你不是在看脚本嘛。我也不用作声了，一切都写好在上面。你是想我说出声来念给你听是吧？我还是这样做算了。”

蝶子用两只手抱住头，就径直入睡了。

木村没有叫她起来，虽然如此，但也没从蝶子的身上站起，只是用脚本轻轻拍拍在一旁修整眼睫毛的藤子的头。

“好了，拜托你了。”

“小孩子总要人照顾。”藤子蹭过身来，把接过来的脚本放在蝶子的背上。

“真热啊。太阳出来了。”

木村读着自己的台词，藤子一直盯着脚本，接受了他的请求。

“很奇怪是吗？我这样跟你做伴，跟你一个人读有什么区别呢？真是给人宠惯了。”

“不客气地说，在我的记忆中，从没有跟妈妈撒过娇。”

“啊，木村你也有妈妈？你可是从来没有讲过啊。”藤子边说边摆弄着斜躺在一旁的蝶子梳理得很整齐的头发。

“木村，你跟绫子讲过，你说你喜欢睡着的女孩。你瞧，蝶子现在就睡着了。”

“没讲过。”

“别来了，就是花子去投宿的时候。”

“是吗？那还是春天的事呢！这种怪事亏你倒记得。”

“你倒是什么马上都给忘掉。当时，你说过银子很薄情，这你不会忘记吧！是绫子告诉我的，银子听了脸都红了。银子还说，不过呢，那孩子是因为喜欢我才脱口而出的，她的神情非常不屑一顾。还咋了一下舌头。你真亏呀！从那以后，她有没有对你特别傲慢无礼过？你要是不小心，当心会翻船。”

“你胡说什么?！”

“难道你不喜欢银子吗？”

“你是想跟中根结婚吧！”木村不耐烦地说。

绫子跟银子还在舞台上。戏好像将近尾声，高亢明快的爵士乐的合唱声飘了过来。相形之下，后台异常静寂，就连隅田川上的小汽船的马达声，也不时传入耳鼓。

木村到底喜欢舞女中的哪一位呢？舞女中又有谁最喜欢木村呢？藤子反复思忖。不过，乐意进行这种比较的只有自己一人，即对容貌、心地、舞台上的名声等进行比较。无论是什么，自己都有一分自卑感，比较本身就是证据。比银子和绫子长一岁的她，到底把这个孩子当成了什么，竟至想轻轻奚落一下木村。不过，她从没像蝶子一样让他坐在自己身上。对“性格开朗”这一剧团同事给她的封号，自己好像总是有事无事地受其牵制。无论如何，她是天生一副当不成领头羊的坏脾性。不过呢，木村这类人，老实说，只要不拿对待孩子的口吻进行说教，无论是谁都不会予以拒绝。看透了这一点的只有自己，仅此一点就足以叫大家目瞪口呆。为了掩饰这种骚动不安的内心，藤子细细地把蝶子的头发分开，把玉白色肌体上浮起的头屑吹掉。

“很可爱是吧？每当做这种事，我总是心疼得不得了。这孩子最好早点结婚。就照现在这副娇柔可爱的样子去当新娘。这里的男演员都跟她不般配。要是跟着西林先生就好了。蝶子是世上最好的新娘子。有点轻浮是吗？”

“干吗老操心别人的事。你自己马上就结婚不好么？藤子你才是有家庭观念的人呢。”

藤子蓦地直起身，又情不自禁地把裸着的膝盖整理好，想坐起来。她若无其事地笑了笑，一只手斜撑起，偷看着木村俊美的侧脸，眼神像是要避开寒冷的风似的。那般伶俐的绫子竟然吓唬木村，叫他别去接近银子，也许是因为这个少年身上有藤子看透了的动人之处。不过木村对自己单调的声音根本没有察觉，仍以单调的声音读着脚本。

唱着谢幕的歌，舞女们跑进了后台休息室。隔壁男演员的休息室也喧闹起来。

银子马上骑坐在蝶子的脚上，像是要从后面去搂木村，用手掌拍着木村的脸颊：

“记不住的东西，就是记不住。”

“好痛，好痛！”蝶子睁开眼睛，摇晃着双腿。两人都挪开了。蝶子用手心遮着脸，好像要打哈欠，却躺着一骨碌滚到一边。

“真不像话！我的脚都麻了。”

“喂，银子，”藤子马上丢给银子一副小大人似的神情，“刚才呀，蝶子想跟人接吻，可是这孩子一副佯装不知的样子，蝶子就只好睡了。”

“是吗？那么现在表演一下。”

木村猛的直直地盯着藤子。银子不知为啥，忽然嗓音娇媚地催促说：

“唉，表演一下，给我们瞧瞧。”

“想看吗？”蝶子立起身来。

“想看。”

“我让你们开开眼。”

蝶子嫣然一笑，用手掌捧住木村的下颌，从上而下轻启红唇。藤子沉默着，不像是因为蝶子而是给银子压制住了。

“多谢！”银子轻快地说道，边用力拍打着藤子的后背，边走到自己的镜台前，重新涂口红。新涂的口红十分鲜润，仿佛绽开的花蕾。

昨晚上一位客人带藤子去咖啡店，交给她一张给银子的字条。“银子见到这信了么？蝶子现在是替你在吻着木村呢！银子是想说这句话才打了自己一下的吧！”藤子一个人胡思乱想着，忽然粗鲁地站起来。

反正这类信银子从不好好看，就扔到一边去。藤子没有机会交给她。

“啊！太阳出来了。真高兴呢！”蝶子一个人拍着手，从窗口仰望着天际。

正是六月的梅雨季节。

瓢箪池里的池水仿佛化满了青海苔。人们在注意梅雨期间，真菌一般的水藻恣意蔓延，当真正晴朗的夏日照射到这一角落时，才惊奇地发现，不知什么时候变成了这种颜色。跟岸边灰尘抖乱的树叶比起来，是一片浓艳的霉绿。广告板上比实物大两倍的舞女的大腿，给午后的阳光一晒，显得光光的。

在池子的一旁，花子一口气地嘴对着瓶子猛喝着放在冰块上的汽水，之后用流动售货亭的招牌红旗擦了擦手。

“喂，懒鬼，有你这样擦手的么？”卖汽水的货主把缠在头正面的头布当手巾，猛地抹了一把脸，扔给花子。手巾给冰镇得很冷。

花子似是嫌脏似的退后一步，顺势转过身，一看银子正好经过此处，就拖住了她。

“哎，现在就走吧！我有话讲。”

“你想去骗卖汽水的？你要利用我？”

“喂，你就答应嘛。”花子扯着银子的手臂，连拖带拉地走了过来。

“对了，兰子回来了。”

“讨厌，鞋子都掉了。”

“得了。”花子回头看了一眼汽水摊，放开了银子的手，瞧着银子的脸色。

“兰子回来了。”

“是吗？”银子抬起右脚，隔着鞋子去搔没穿袜子的左脚上的痱子，一个劲地眯缝着眼睛。花子天真烂漫地向她挤挤眼。

“去一下后台，帮我化化妆吧。”

“今天怎么样？”银子淡淡地问。

白天，花子走过一家家戏园子，在这家场子里讲那家的怪事，在那边又吹这边的内幕，以一副不像是十一岁孩子的庸俗口气搬弄着是非，装成故意惹人逗乐的样子，给人家跑腿，以此得到生计之资。跟夜间的小费不同，因为家里不知道，一切都成为这孩子的私房钱。甚至晚上生意时的化妆，都是在后台弄好才回去。

不过，花子为什么会喜欢银子呢？显然这并非是在这种小孩身上的习惯心理、对戏院里的明星有贵贱之分的缘故。银子就算是汽水也不会请的，她从来没有尝试过付过一次款。那副回头看一眼就会吃亏的神情，常遭人奚落。唯有化妆她会诚心诚意地襄助。不过，花子之所以让银子替她化妆，也并不只因为她想讨好喜欢化妆的银子。给眼睛发亮热衷于此的银子摆弄着头脸，花子体会到一种匪夷所思的快感。它一方面是出于好像想变成偶人的、承欢于母亲膝下的天真心理，另一种方面是对成人式的自豪有充分的觉醒，对平日耳闻目睹的男女间的交往想大肆嘲笑一番。

“喂，化完了。别傻呆呆愣着，快让开吧。这可是舞台呀。”银子摸到连衣裙的袖裾，把它脱下来扔开，裸着肩部推着花子。

“哎呀，脚都麻得不能动了。一直麻到这块来了。”花子摩挲着大腿根部，眼睛一眨不眨地盯着镜子中的自己。

“胡闹，小孩子说这种话会遭天打雷劈的。”

“啊哟，那为什么？”

“喂，这是舞台台词。”

“哪有这种台词啊！”

银子一派冷淡的表情，开始往脸粉下抹鬓发油。蜡人形状的肌肤显得格外的湿润。她就这副打扮喝着冰水。跟花子一起回到后台，卖冰的就马上来了。银子的习惯总是不爱用汤匙把冰片嚼着吞下，而是等全部融化了再大口大口地喝下去。旁边的绫子对这些小事也都替她操心，默默地清洗着银子用过的饮具。银子出奇的懒散，就算冰水流过抹有鬓发油的下颌，弄湿了文胸，也要看上好一阵之后才去擦掉。之所以在舞台上看上去光彩照人，让人联想到在后台她可能不大检点。其实是她没为其他杂事浪费丝毫精力，周围的人才败在她的脚下。这是一种不可思议的、与生俱来的贵族气质。

“兰子回来之后，会去哪个场子？”

“去不了场子啦，谁都不要她。”藤子在一旁笑着抢答道。花子也不看她，而是凑近银子的耳朵，小声地一本正经地问道：

“唉，你不去木村那里投宿么？”

“跟花子一起？”银子直勾勾地呆望着镜中的自己。

“不是。是银子你一个人去。”

“这是花子的主意？”藤子粗鲁地倒过身来，把一只手放在银子的膝上。

“那样木村君跟银子就结成婚啦。兰子回来一看，脸色会是怎样呢？准会很开心的。请吧，您呢。”

绫子从对面立起身来，转眼就抓住了花子的脖子。

“花子，是谁教你这些事的？”

“好痛，好痛。”

“为什么要说这种话？”

膝盖被藤子摇晃个不停，银子蹙起了眉头；也不知道是抽什么风，她把眼睛描得又蓝又大。

“藤子你也有不是。想去的话，只管自己去好了。”绫子出人意料地忽地站起来抢白。藤子也是冷眼相向。

“你对谁发那么大的火，我可真弄不明白。”

“花子最喜欢银子，才那么说的。”花子也给绫子的一本正经吓怕了。听上去，是一副蛮不讲理的、焦躁不安的语气。

“是嘛，”绫子好像在考虑着什么遥远的事情，“我最近慢慢怕起木村来了，也不知道为什么。银子你不觉得害怕么？”

“不觉得。”

“倒也是！谁都不会这么觉得。不过……”

“都是大人了。怎么还把大家都看成孩子？”

“说来说去还是有点怕。”

“没有嘛！”

“银子，你要是不小心可就危险啦。那孩子跟谁都会马上去殉情的。”

银子若无其事地笑着说道：

“好像我跟木村君有相同的地方。”

“是啊。将来的事根本不操心。”绫子说着，想起这是文艺部的西林曾说过的话。木村与银子的存在，对他们自身来说是无意义的，但对他人来说却有害无益。好像缺少领袖的白蚁地狱一般。主要的小幼虫还在建巢之际，羽毛未丰，被吸进去、掉进洞中的任何生命，只要凶残暴食的蚁王不在，就不会被抓住，就必定死得很空虚。

而且这种事情如果当真发生的话，绫子除外，银子会迫不及待，想说的事情就会统统倒出来。她们临近出场了，热心舞蹈艺术的银子打开了放在房间一角的便宜手提式收音机，听着爵士乐，未穿戏服就旁若无人地跳了起来。旁边的人一副气不顺的神情，但谁也没有作声。

花子趁蝶子走出房间之际，从她梳妆台的抽屉里拿出招待票，吐了一下舌头就回去了。不一会儿花子来到对面的男演员房间，从那边传来了她学唱流行歌曲的声音。打着拍子，花子敲响了竹板，声音跟炎炎夏日黄昏将近时分的前兆似的虫鸣，跟人工培养的夜市里的秋虫的蛩音差不离。

一轮明月早早地就露了头。

木村仍穿着演出服，上屋顶的露台乘凉，一连打了好几个大喷嚏。绫子跟蝶子手牵着手也上来了。

“木村，您很喜欢屋顶呢。”蝶子把手绕到他肩上，手指碰到一个硬硬的东西。

“这是什么？”

“一只口琴。”

“一只口琴？太出格了吧！难道你口袋里装着一只口琴上舞台？”

“刚才有人送的。”

“是女孩子？”

“嗯。”

“给我看看。”

蝶子把口琴凑近嘴唇：

“还会响呢。给你口琴的，是一位怎样的客人？是保姆吗？”

“是一位小小的女学生。”

“你神经兮兮地瞧什么？”

“那儿在卖萤火虫。”

“是夜市摊吧！”

“通宵进行排练时，一大早我就上这儿来，不知何处传来金丝雀的啼唱。真想回老家呀。”

“是啊，木村，你老家有金丝雀吗？”

“别来了，蝶子。”绫子扯了一下蝶子的短发说：

“木村哪有什么老家。他是东京仔。有金丝雀飞翔的故乡到底在哪里呢？”

“住嘴！我好不容易心情好了点。”

“木村你有什么隐衷么？是不是考虑兰子回来的那件事？”

“没考虑。”

“为什么旅途当中就逃了出来？”

“孩提时代起我就讨厌旅行。”

木村对兰子参加旅行演出不满意，这点早在浅草就传开了。不过木村不是为此而逃回来的，很明显他是要避开兰子。依然大模大样地住进兰子公寓的他，当兰子回到浅草跳舞时，还照样会平心静气么？木村斗胆扬言，以前他跟兰子生活在一起，但他们之间什么关系也没有。即使是假装不知，十七八岁的舞女们看到讲这种话的木村的嘴脸，还是觉得恶心。但是，木村的口气里，有一种说不出的魅力；眼下对他的话，全信无疑的人也多了起来。

“兰子回来之前，你搬一下家怎么样？她嘛，离开了也没关系，不会再到我们团里来了。”

“去哪里呢？”

“到我家也成。”

“有房间吗？占用了银子的房间，不大妥吧！”

“是啊。”绫子点点头，木村如果到她的家里来，只要自己不出错，有所准备的话，银子跟木村就没有任何危险。可不知怎的却难以启齿。

“绫子，快过来！从这里望过去，萤火虫铺子，真是很好玩呢。”蝶子声音爽朗地喊道。

不过，到了翌晨，藤子铁青着脸告诉绫子的消息是，银子提着萤火虫灯笼到木村那里投宿去了。

“藤子，你跟在她后面么？”绫子双唇颤抖，正想对藤子发难之际，悔恨的热泪夺眶而出。

从剧团的入口往上、呈半圆形突出的房顶上，一群剑术演员一副舞台装扮出现在那里。看上去像是领队似的人正声泪俱下地开始演说。他的大意是，今天本来要开演的，可上座率太低，演不成戏了，为此，我们舍身成仁，在此亮相，就是要希望博得诸位戏剧爱好者的同情。他激动地诉说与剧团同生共死的决心之悲壮，其间甚至夹杂着有煽动劳资纠纷嫌疑的言辞，俨然一副幕府末期志士式的雄辩派头。宣誓结束后，掩着白铁皮的屋顶上，四五个人就做起了武打的动作。

这家戏棚子位于人群熙来攘往的十字路口，观众将狭窄的道路挤得水泄不通，对面大众食堂的女招待也排在屋檐下仰望着屋顶。这种不大景气的夏季淡月中可怜的宣传，足可成为第二天报纸上的新闻。可就是此等妙计看样子也仍然无法令客人驻足，挽留住观众，演戏的人只好一茬茬地走向农村，唯独剩下招贴画独守一隅。昔日盛极一时的浅草，听任从前演戏时的招贴画板一日日色调剥落，就因为小戏院一家家都难以为继。不过旅行演出归来的兰子她们，又使那家戏班开张了。

剑术演员们屋顶上的宣传，直至盛夏的过午时分。斑驳不均的变成蓝黑色的脸粉上，大汗淋漓；烈日照射着破旧的廉价戏服，连戏服都显得有些疲倦；此时拔刀出鞘，挥舞一番，看上去反倒有气无力，叫人乏味。这一举动就跟受雇于破产店主的化妆广告员一样，将小戏院自身内部隐蔽于阴暗角落的衰运，暴露在光天化日之下。这也仿佛是兰子她们不振的预兆。短暂离开浅草之后，已经过了鼎盛时期的兰子，名气就像季节不依人的意志悄然变化一般自然消失；既没有问候，也没有工作，只有一天天地转悠于几家小戏班子里面，这种身影中隐含着些微的凄凉。好歹有点模样的一家也像是一班拣稻穗的，自然没有长久维系的希望。与其说回到了浅草，不如说是下乡之前的一场幕间休息。

何况兰子原先的丈夫，那个宝贝男人，趁她不在家时，隔三岔五到她的公寓，将她的衣物之类的东西随意提走，使她眼下连替换旅行演出时的脏衣的初秋的西装也没有。回来打听到的尽是烦心的事。她没有先回自己的公寓，而是径直怒气冲冲地奔木村的戏班子而来。

“您回来了。”“姐姐回来了。”小舞女们跟她打着招呼。这家戏班也罢，兰子是自己主动退出的，如今看来却是好事，少了麻烦。望着后台守门人脸上淡漠的表情，她恶声恶气地提醒他小心点。

在后台与舞台的狭小的通路中，等待着出场的银子抓着木村进行舞蹈排演。木村多少显得有气无力，打不起精神，可银子丝毫没有介意，一个劲儿地磕碰着竖立在她面前的大道具。兰子见此情形，心中颇觉反感，同时感到极为恐惧，因而也不管出师不利，以一副略带奚落的语调问：“木村，公寓的钥匙在哪里？”

“啊，你回来了。”木村脸颊上照例泛起了一层梦幻一般的美丽的蔷薇色，声音显得空洞无力。

“钥匙？我不知道什么钥匙。”

“你从甲府逃回来时，我不想让你为难，就把钥匙给了你，不记得啦？”

“呵，是吗？管理人那里还有一把备用的，我一点也不为难，这点我倒疏忽了。”

“那就希望你把两把都交出来。”

“我没有拿。你叫我怎么办？”

兰子歪嘴不认账。这当儿，银子尖起了嗓子。

“把钥匙交给木村，实在是没有道理，他可是从来没有钥匙的。”她径直看着兰子。

“你就别讲大话了。你睡到我那里可干了不少好事。还死皮赖脸地提着装萤火虫的篓子。”

“那些萤火虫，现在还活着吧！”银子面朝玻璃窗画着脸，用指尖重新化妆。兰子假装没有看见，不耐烦地说：

“全都死光了。木村可是从来就不懂照顾萤火虫的。”

“是啊。怎样才能养好它呢？”

“木村，”兰子转过脸来，“竹田住在哪里？”

“我不知道。”

“你不知道？竹田三番两次来拿我的东西，你竟然坐视不理？”

“哎。”

“马上去竹田那里取回来。不然，就不准你踏进公寓的门。”

“得了。”木村茫然无措地应答着，脸上泛出讪讪的笑。在舞台化妆效果跟微明的光亮的双重影响下，他的脸盘愈发显得一副少年的英俊之气，而且还让人感觉出他无依无靠。对这样的他，兰子怒不可遏，一触即发。这时，银子又冷不丁地吐出一句风凉话：

“衣服之类的，就那么可惜吗？”

“你说什么？”兰子猛地跳起来，一把揪住了银子的头发，假发掉了下来，红头发缠绕在兰子的指间。兰子厌恶地把它甩开，同时吼道："你这个乞丐。"并打了银子一下。

银子浅黑色的手臂上冒出了血珠。只有发套的流行发针还留在兰子手中，就是它刺伤了银子。

银子用嘴吮着伤口，用舌头静静地压着出血处，根本没有瞧兰子一眼，不一会儿她"呸呸"地把血吐出来。整齐的皓齿渗着血迹，与因为浓妆艳抹而显得略微发青的脸蛋交相辉映，看上去酷似一尊可爱的偶人。不过她脸上毫无表情，眉头一皱不皱，冷若冰霜。然后她用舞鞋的脚尖挑起落在脚尖上的头套，倏地抛起来，接在手中，然后衔在嘴里。她用一只手压着玉臂上的伤口，甩着嘴中的假发，踩着舞曲的节拍，直朝舞台走去。最终她还是没正眼看一下兰子。她一言不发，只留下渐次远去的背影。

兰子咬牙切齿，恨不能追过去把她杀了，无奈她发觉齿根发寒，直打战。自己太无聊了，本来她一直强作姿态，外表冷静，为的是轻轻奚落一下木村，不想竟把一个根本没有反应的另一个世界的人当成了对手。就连刚才跟木村讲过的话，回想起来，也恍若一派谎言，乏味无聊。

从兰子打伤银子，直至银子消失于舞台为止，木村一直一声不吭地看着，根本没有阻止的样子。他若无其事，朝兰子挤挤眼，然后直往舞台走去。

银子从未对舞台服装提出过异议。她不只是不希望有和服，而是时而一不小心就穿了别人的内衣，时而把手边的鞋子套在脚上。因为这些事情，所以兰子骂她是乞丐。不过，老实说，作为女演员，这样反而会在舞台上闪射出令人炫目的光彩，银子也许会成为一名着实厉害的女子。也许是身体单薄的缘故，兰子越想越当真，但是伤害银子，她并不觉得是做了一件蠢事，她明白直到夏天之前，曾经住过很久的后台，她是很难再进去的。站了不一会儿，一群舞女踏着散乱的步子从舞台返了回来。

她们看见兰子，一个个热情地打着招呼。其中瘦小的蝶子抓住兰子的手，把脸颊压到兰子的肩上。

“银子好像是受伤了。”

“是吗？”

“手上老是出血。银子对此并不在意，一直跟木村跳个不停。连绷带也没扎。”

“没什么大不了吧。”

“不过，她把手挥动起来时，血就会一点点流出来。绫子在暗处看见了，就悄悄示意，叫‘木村、木村’。当两人的身体挨在一起时，为了不让客人发现，木村用自己的衣裳帮她揩了好几次。”

“观众看得见血么？”

“我想看见了。”

“嗯。”兰子挤了挤鼻子，笑了笑，好像被某种无比寂寞的心绪压倒，抱住了蝶子裸露的肩膀。与少女的肌肤相触之感竟是那么不可思议。

“呸，这个坏蛋。喂，蝶子，银子已经年纪不小了，肯定是发疯了。”

“说不准。银子曾经嚣张地扬言，她会第一个生孩子。”

“是谁的崽？”

“讨厌。”蝶子扭动着柔软的身体，爽朗地笑着。

“近来，银子跟藤子，去姐姐的公寓休息过。”

“木村呢？”

“也在。”

“三个人睡在一起？你胡说什么？”

“木村嘛，木村从来是一言不发的。”

“是吗？”兰子赶忙从蝶子的身上把手抽出来：

“我还有点急事，请向大家致意，我还会来的。”

然后她就出了后台门口。高空的秋风像是骤然降落似的扑来，席卷着地面，演艺街的街灯好像忽然暗了下来。

是夜，绫子等银子简单的舞蹈排练结束后，跟编导中根一起出了戏棚子。

“起雾了。我的指尖都感觉到冷。”银子握着绫子的手并肩走着。绫子替她包扎的绷带也有点松了。

“不是雾气，是雾霭。”

“是吗？”

“兰子回来了。”

“嗯。”

“见过了？”

“嗯。”银子坦诚地点了点头，没有道出挨发针刺伤的事。看得一清二楚的木村不知何故也没跟任何人提起，绫子看见练舞的银子时，以为是给钉子什么的划破了手。

“银子，你今晚住哪里？”

“去木村那里。”

“兰子不是回来了吗？”

“是啊。”银子直截了当地回答。绫子觉得仿佛受了侮辱：

“蝶子跟藤子也一起去？”

“不知道。”

一言不发地低着头的中根，有气无力似的笑了笑说：

“银子，兰子已经到了公寓了吧。”

银子没有作答。

“喜欢木村了吧？”

“我什么都没想过。”

“撒谎。”

“是真的。”

“那么，干吗要去那里睡？”

“管他是谁，我讨厌任何人。”银子声音有点哽咽，中根吃惊地偷窥了一下银子的脸，只见她已是热泪盈眶。

中根知道自己在讲蠢话，但还是情难自控。

“怎么啦？你干吗哭？”

他以为银子会反唇相讥，可是银子意外地点点头，沉默了起来。

“那些事情，我一点也不清楚。”过了一会儿，中根自言自语似的说。银子马上坦白道：

“我想绫子有事请教中根先生，才讲了这档子事。”

“是啊。”绫子心中不平，不甘服输。

“不过，并没有什么恶意。”

“我知道。绫子一直在想，要是跟中根先生结婚就太好了。”

绫子跟中根都冷不防地吃了一惊，一言不发地走了五六步。

“讨厌。”银子脱口而出。于是她迈快了步子，跟着他俩一起走着。

不一会儿猛然听到竹板的响声，三人回头一望，是花子。她受雇于盲歌手。花子靠在兰子跳槽的那家戏班的墙壁上，站在近乎痴狂的老人面前，应和着他沙哑的歌声，敲着竹板。看到他们三人，她调皮地吐了吐舌头，跑上前来。

“唉，你们是去木村那里休息么，把我也带去嘛！”说着攥住银子的手。

绫子皱起眉头：“兰子回来啦。会挨骂的。”

“嗯。还是去练习吧。”花子挺了挺下巴，用手指着不大整洁的戏棚的板壁。

正值对面的便宜食堂的女佣们翘起屁股洗刷地板之时，她们把椅子胡乱地脚朝上摆在饭桌上，桶里的水都流到了路上。

绫子稍许犹豫了一会儿，抱住银子的肩膀：

“银子，我也一起去好吗？”

“你也去？”银子好像鲜花盛开一般的喜笑颜开，快活地挥了挥手。

“再见，先生。”

“我会照顾她的，你放心好了。”绫子说话时一副老成相。银子也回望了中根一眼，脸上洋溢着略含嗔怒的清纯的微笑。

留在一旁的中根，头一次在心中浮现如是念头：木村跟银子相配，其中定有可歌可泣的美好成分。目送着她们的背影，他接着想：不过，木村跟银子之间是在玩着一场过分空虚的游戏，这一说法兴许不大贴切。他边走边思绪不断，忽然听到竹板声，且渐次远去，许是花子追银子她们去了。

六区戏棚的小旗在风中猎猎作响。抬首望天，早已暮色四合。当天下午，大家都缩着脖子走路，柏油特有的光亮使人只看到眼下的天气，却忘记远眺苍穹。因此，当火烧云在空中飞渡，像扯起了金色的巨帷，反倒让人觉得不可思议。连小旗的红色都略显萧瑟。在天光尚余微亮的时分，绫子的父亲给他的小小的提灯点上了蜡烛。

“好了，今天提早结束，有人请我守夜。”说着，他把给火挡风的手塞入怀中，掏出一条旧毛巾，慢悠悠地落座在看台前。

当他摆好看相先生的姿势，死者的老婆“哎呀”了一声，远望着他：

“唉，连菩萨也会觉得好笑的。过去的老朋友都已经归天了。”

“是啊，我讲的就是明治三十年[1]的往事。”

“明治时候的事，对死者倒是比什么都虔诚地供奉。”女人谄笑了一声，卷起衣袂开步就走，又郑重其事地回转身来：

“我有件事想跟你谈谈。现在我还不会讲。”

相面人缄默不语，低着头把灰尘抖乱的相书摆放在看台上。

“我这个人嘛，是不会给熟悉的人看相的。看了也不准。”

“怪不得你刚才一直不看我的脸。”

“是啊。我只是讨厌看世人的脸罢了。”

“有道理。不过，你这点倒是蛮好的。绫子这孩子倒是很老实。没有人不说这孩子好的。”

“不过，当她混出了名，竖起了招牌，弟子会不断地来么？说起习舞的人，自然是那些家道不错的人家的女儿跟求艺者。她只是大路上相面先生的女儿，挣点小剧院的收入……”

“不要瞎操心了。绫子真的会给你争气的。”

“说真的，她是有出息。”

“我那位跟以前的老婆，有两个有出息的孩子，死了以后，也

---

1 即1897年。

没得到什么好报应。”

“是去向不明吧！”

“是啊。”

女人又叮嘱了一遍，说守夜时希望早点来，然后仿佛恋恋不舍地站起身来离去了。相面人没有目送她。从丈夫去世之日起，为了今后的各种事情她心绪不宁，现在她消瘦了下来，不只是作为女人，年纪尚轻，未及四十的缘故，还是没有确切的夫妻关系的男女生活的缘故。他边用挽着暖炉的手搓着冰冷的耳朵，边回忆起明治三十年间的往事。

新闻杂志纵览所、铭酒屋等纷纷开业，可以说预示着浅草踏上了日新月异的繁荣昌盛的大道。再加上跟吉原道的繁华景象交相辉映，这一切就发生在明治三十年前后。而且，当时正是人力车的普及时代。车夫们，有着今天的街头出租车的车手们无法企及的好名声，生意也很红火。现在已经过世了的老人们，他们中有人当过拉皮条的车夫，一直围着私娼馆源氏屋转悠谋生。回想起来，仿佛是一段古老的神话。已经在生意上帮不上什么忙，被收纳为酒店的老板的小房的女人，在心底里还是一直指望着时运有济、卷土重来。思来想去，相面人觉得兴味不大。旁边炖煮鲜贝的汤味飘了过来。今晚真叫人可气。于是他脱下头巾，站起身来，走到那口锅前，用松软的牙齿品尝着海螺串。

“您搬过来了吗？”悄悄拉着相面人的衣袖的人，正是女儿绫子。

“嗯。”父亲用指头掏出口中的蝾螺，“哎呀，那种木头，实在是很沉呢。”

“很结实。”

"她母亲，是外国人的小妾吗？"

"不知道怎么搞的，银子从不谈她妈妈的事。"

"一个帮过忙的人曾告诉我，她不是正宗的日本女人。从那张床头上的雕花就看得出来。好像是洋人躺过的。"

"我们四个人睡在一起。春天到上野公园看夜樱时，几个人一起睡过。"

相面人准备回到看相台，一转念，掏出海螺串：

"热乎乎的，来一个吧。"

绫子脸转到一边，窃窃发笑，摇了摇头：

"我常回家里。"

"把窗子抬起来吧。要是二层就进不去啦。房子阴气很重。朝北嘛。阳光一点也照不到。那一张那么宽的床搁在那里，连坐的地方都没有。"

"说是她妈妈的遗物只有那张床了。"

"也许不会是洋人的小妾吧。没有哪家旧家具店会买那种庞然大物的。"父亲在看相台上坐下来，"我听说过公寓里的一件怪事。房租费是由兰子的老公，一个叫竹田的人支付的。他是一个不务正业的懒汉。"

"竹田？"绫子抓住父亲台子的一端，马上松开了手，一副若有所思的神情。刚刚胡乱卸了妆的五官，跟被夜风扑打的老父亲很相像。虽然跟华丽的人造丝的长袖和服极不般配，但是轻启的朱唇仍一副不折不扣的舞女模样，脸上的表情也活灵活现：

"兰子在两个月前，已经去了台湾。说起来虽然很可惜，可是银子跟木村这一对，是没有目标的炮台，她跟他们也没吵过架。凭一直走下坡路的兰子的实力，要撼动银子跟木村的名气，无疑是蚂蚁撼树。银子这个人，自己不能替自己做主，可是像做梦一样竟然一下子名盛一时，真可怕呀。旁人看来感到真可怕。”

“嗯。你最好不要去考虑这档子事。”老父亲咽下嘴中好像忘记了的海螺串，好像在回忆着银子的长相，眼睛闭上一小会儿。

“最近的演艺圈中，那种孩子可不少啊。”

“错了。”绫子好像大吃一惊似的，激动地摇着头，“我觉得银子很可怜，十分可怜，简直不忍心看她。可是在旁人眼里，只要银子一加入，我们在周围都显得可怜兮兮的。是什么原因，真弄不清楚。”

“名气是很可笑的东西。”

“才不是呢。兰子就说过，银子是一个冰偶人，不久就会融化的。”

绫子想起今年春天木村说过，银子的身体很冷。他这样讲之后，绫子好几次跟银子同床共寝时，发现银子肌肤很凉，却一个劲地发汗。因为爱化妆的怪癖，银子极少在浴池里洗澡，常湿着身子穿着内裤，绫子看不过眼时，会帮她从背到脚揩干。

“冰偶人？”相面人突如其来地笑了。

“是啊，身子就是不大暖。”

“今晚雾气很重。雾夜客人很多。雾中的夜晚……”

绫子也抬头仰望头顶上的天空。有人说过浅草的女人们从不看远方的天空。

“不会下雨的。总之，那间公寓的房子我是不去的。”

“怎么啦，爸爸，我以为银子是一个在某些方面很脆弱的女人。很危险呢。”

“老是操心这种事，真是没有办法。在这里，我也时常看见舞女们来。放肆地展示肉体来谋生，这种交易从来是没有任何顾忌的。说起来，人的眼睛是很毒的。年复一年，毒针会把身体扎穿，直至看不清自己的长相。那孩子在舞台上看上去，判若两人似的美艳迷人。你认为这样好吗？”

“挺好？”绫子没大在意相面人的话，倒是受相面人的语气吸引而口齿含糊。正因为是这种父亲的女儿，所以在挥着衣袖等待出场或在台上跳舞时，会忽然对观众背过脸去，有一种瞬间的寂寞难耐的孤独之感。成为新娘跟成为日本舞蹈的舞师，哪种对身体不利不得而知，但是由于身体羸弱，决定将终生独自从事演艺事业。这不是女性的感伤，是一种叫人讨厌的现实之极的算计，她对此自信得很。

“怎么会有这样的决定？”今年春天的一个早晨，当一副孩子气的口气问及之时，绫子猛地惊愕过一下。她时常想起这回事。她想不起具体的话，倒是记得像是舞台上的台词般的木村的声音，以及一副有着看不见他人的举动的怪癖的美少年冷峻的面容。

“我跟谁讲话舌头都不灵。”

木村虽然做了令人诧异却又恰如其分的辩解，可这种借口无疑是画蛇添足。像银子与木村这类的明星，在舞台上熠熠生辉的少男少女，他们的命运深处到底隐藏着什么，绫子越是思量越感到后怕。也许其中不乏透明清澄的空虚吧。

“朝霞跟晚霞，你喜欢哪一种？”绫子记得有一次经过言问桥，在隅田公园中穿行时，文艺部的西林问过这句话。公园里面，沿着铺着沥青的人行道，栽种着一行行小樱花树，它们好像水土不服似的。花树沐浴在夕晖中。从宽广的河岸远眺，青山于舞女们是何等亲切、珍贵。与其说它们是山，不如说它们跟暮色融为一体。

舞女们异口同声地说，晚霞真美丽呀。只有藤子是农村长大的，她从未思忆过故园的晨空。

西林不时提及些不着边际的事。当他问舞女们，谁准确知道自己的荷包里有多少进项时，立即回答知道的只有绫子一人。可是，这一回，银子的回答却迥然不同。

“我喜欢彩虹。”

“彩虹？彩虹什么时候才会出来？”

“不知道哇。天上随时都会有吧。”

“银子嘛，讨厌每天都活着。十分讨厌。”西林搂着银子的肩膀，迈开大步，行走了五六步，银子抓住他的手，骨碌转了个个儿，两人合为一体，做出一副双人舞的姿态：

“彩虹是百看不厌呢。”

“不过，彩虹是会消失的。”

“是啊。”

她漫不经心地答道，取下贝雷帽，没有任何目标地挥舞起来。

自己为什么竟记得起这种事情，当绫子思量个中缘由时，觉得自己很悲惨。与此同时，不知怎的，也可怜起银子来：

“她在舞台上耀眼得如同另一个人。她是当红的明星呢。这有什么不好么？”她看着老父亲，可是相面人却是一副全然不知人间烟火的神情：

“该回去了。雾越来越浓了。”

“是啊。我想早点停止跳舞。”

“嗯。”老父亲像是点头同意似的垂下了头。

绫子的一点可怜的薪水已成为生计之资。今夜叫人想起为其守夜的老车夫。还有因酒精中毒而浑身痉挛似的颤抖，在公园的小路以及杂物间讨时度日的源氏屋老板。相面人没有心思将他的死告诉女儿。

“可是，银子停止舞台生涯，是叫人不敢想象的。”

“竹田是一个品行很坏的男人。他一方面紧抓着兰子不放，接下来他会不放过银子，拿她当摇钱树的。”

“那种事绝对不可能的。银子会听人摆布、任人宰割？”

“房租不全是由竹田来支付么？”

“那种事情，银子自己从不在意。她这一点可是很出名呢。”

“你真是个不懂事的孩子。”

“可是，银子在那所房子里什么也没有，连肥皂都没有一块。”

“只有一张床，是吧？”

“银子根本没有自己的房间的观念。在咱们家不就那样住过一阵子么？”

“真不检点。”

电影院等买减价票的观众排成了队。浓雾也飘到他们当中。瓢箪池里漆黑的池水上，浓雾像张开了一层薄布隐隐而行。只有霓虹灯仿佛是光体的残骸，虽被夜雾濡湿，似乎反倒显得光彩鲜明；乃至肉铺的房檐下线条描的红牛，都带着充满肉欲的鲜活劲，沉浮于宇宙间。

“那个叫木村的小子到底怎么样了？你们不是说过他多少有点神经质么？”

老人好像一吐为快似的。女儿立即一板一眼地道：

“是时候了。下次再说吧。”

“今晚有事需出去一下，早点收摊吧。”

回到戏班中，绫子还在担心银子的事。在前往同一曲舞蹈的舞台里侧，她沉默地挽住银子的手。如是一来，确实宽心了不少。

可是，当夜晚落幕，大伙儿都到齐了。后台人声鼎沸、一片嘈杂时，大家坐在镜台前，只有银子竟然不见了。

银子是从不整理收拾化妆道具与戏装，也不急着回去的。所以，绫子跟蝶子一起，一边整理银子的镜台，一边问起到底怎么回事时，蝶子语气轻松地说：

“肯定是在舞台上练习单人舞。”

“不脱戏装就练？”

“换服装麻烦嘛。反正她今晚要在台上练习。”

“银子会演电影吗？是不是去谈电影的事去了？”藤子来到镜台前，边脱鞋子边插话。绫子蓦地回头：

“中根先生。”她不由自主地叫喊着站起身来。

舞台编导中根正好经过走廊，可是他正阅读着手中的乐谱，所以径直走了过去。

绫子突然气上心头，连身子都发颤了。惊愕之际，用手拧了一下蝶子的大腿：

“我去跟木村打听一下。”

“好痛啊。”蝶子一副要流泪的样子，她迅即舔了一下手掌，把口沫贴到痛处。

木村身子趴叉地躺在男演员室的角炉旁，用一只手烧着火钳，在木头旁边胡乱写着什么。

“嗡嗡的哇哇……”绫子读出声来。

“嗡嗡的哇哇，到底是什么？”

木村沉默地拔出火钳，迷迷糊糊地望着铺席上冒起的烟。绫子把它捡起来，插到灰中去：

“银子呢？”

“不知道。”

“到哪儿去啦？”

“不知道。”

“不是刚跳过双人舞么？”

“是啊。嗡嗡的哇哇。”

“你说什么？”

“我脑袋嗡嗡地直痛，胸中苦闷得很，只有哇哇地吐出来才会好一点儿。可是银子对此一点也不理会。”

“傻瓜。”绫子柳眉倒竖，“你去死吧。”

言下之意是，你就是这样看待银子的吗？

“哎。”木村出神地紧闭上仿佛美少女般长长的睫毛，“花子为什么那么迷恋银子呢？该不是同性恋吧！”

绫子“腾”地站起身来。

“‘我要把木村杀了。’花子曾经这样不加掩饰地说。”仿佛一个人又说又笑似的，木村孩子气的声音直追着绫子而来。俨然吹自黄泉鬼府的阴风一般，令绫子感到透心凉。

为了找银子，她们离开了戏棚。卖伞人朝正下班的六区的客户吆喝。这时候，刚才飘荡着的雾气沉淀了下来，浓得让人觉得在下小雨。

舞台练习一般是午夜十二点开始。她们首先去了公寓放着大床的房间，然后到往常去的咖啡厅转了一回。这之后，藤子像有意外发现似的叫道：“银子会不会在公园里的茶室里呢？”于是大家默不作声地赶着路，这时蝶子“哇”地怪叫了一声，把藤子紧紧搂住了。

“啊，可怕呀，好怕呀。”

藤子吓了一跳，直往后退。

“嗯，气味真难闻。”

屋檐下晃悠悠地挂着一排野猪。猪毛都给雾打湿了。这里是一家卖猪肉的大众食堂。

绫子也打了一个冷战。

这一夜，银子最终还是没有回到戏棚子里。这之前，她连一场舞台戏都没有休息过，一次排演的时间也没有迟到过。与其说她的时间观念特强，不如说她嫌烦恼，有排演时是从不外出的。

舞台排练结束后，绫子一行人走出门。这时，流浪汉们已经在忙着收集饮食店门口的残羹剩饭，他们的身影乍看上去好像从寒冷的冰窟爬出来似的。只有各处的屋顶的侧面，映衬着薄明的晨光；那些朝不知何方飞去的观音堂里的鸽子，振翅时发出令人吃惊的羽音，强劲地回响着。舞女们疲乏的体肤骤然冷却了下来，好像另一个人的身体般缩成一团，三人紧挨在一起，但根本没有手挽着手的意思，而且谁也没有化妆。大路上的沥青被昨夜的雾气打湿，只有淡淡的朝阳照到的一侧，方显出浅浅的桃红色。

见此情形，舞女们放慢了脚步，七嘴八舌地聊起来。

“木村这人真怪呀。他好像感觉不到冷似的。”蝶子轻启小口，笑谈了一句，随即打了一个哈欠。

“因为银子没来，他竟然很安然，在后台一隅睡熟了。里面一点暖气都没有。我担心他会着凉，就去叫醒他。他铁青着脸跟我讲：‘我不想演戏了，我想进飞行学校。’还说想在彩虹里飞翔。”

“彩虹？这小子，他没见过彩虹吧?！他见过吗？他是在模仿银子的口吻。”藤子直言不讳。可是蝶子竟天真地接口道：

“若是驾着飞机飞进彩虹里面去，木村会头晕眼花地掉到地上的。”

“木村这个人想当一名飞行员，却成了一名地铁的驾驶员。这难道不奇怪么？”绫子忆起往事，淡然一笑。这时藤子一个人话中带刺似的：

“怎么说他也是个英俊的小伙子。由于银子的缘故，昨晚中根先生对他大为不满。”

街道的远处笼罩在晨曦里。奔驰在无人行走的道路上的汽车，看上去仿佛是在宇宙间滑行。在这寒气逼人的黎明时分，冬天的夜晚仍笼罩在一片阴暗之中。

银子回去了吗？昨晚她到底怎么啦？公寓门口的玻璃窗，挂着几滴夜露。三个人都在挂念着银子，一打开房间的门就叫道：

“银子。”

“啊，在这儿呢！”

“跟花子睡在一块儿。”

“竟然不去排练，真奇怪呀！”

“好轻松啊。”

“银子，银子。”

“算了。让她睡好了。”

“真漂亮。”

“一个睡相姣好的女人。”

“真迷人。这么好的容貌。”

“还化了妆呢！”

“是舞台化妆吧！”

“根本不是。”

“是跟花子一起回来的吧。”

“真冷呢！”

“谁去烧张报纸吧。”

“报纸还没有去取呢！”

“床都脱漆了。真不咋的。”

“房子也不行了。”

“银子，银子。”她们叽叽喳喳个不休，倒是花子先睁开了眼睛。她一个个地瞧了三人一番，微微一笑，接着又合上眼想睡，并孩子气地搂住银子。就在这一瞬间，但见她脸色一变，抬起胸部，从被子的脚头露出裸着的脚，在床上打了个滚。

“讨厌死了。真凉呢。银子真凉呢。”

舞女们为花子的悲鸣所震惊，不由自主地摸了摸银子的脸，原来已成为一具冷却的僵尸。

大家猛地缩回手，又去摇晃银子的身体，一边喊着她的名字。不一会儿，三人到底在说些什么已经辨不清了。

不知是什么时候进来的，木村冷冷的影子站在门口。

“花子，花子，到底怎么啦？”绫子终于意识到花子的存在。

“不知道，我不知道。”

“躺在一起，竟然不知道银子死了。”

“我来的时候，银子已经睡了，我就一个人睡了，我想叫醒她不好。”

“你是悄悄睡到她身边的？”

“嗯，嗯，嗯。”花子点着头，眼泪夺眶而出，哭成了一个泪人。

舞女们很快地哭出声来。“快叫医生，快叫警察！”藤子忙不迭地喊着，直奔向走廊，与木村撞了个满怀。

“啊?！”绫子瞧了一眼木村，咬牙切齿地说，“木村，这到底是怎么回事？”

木村徒然地连连摆头。

“我不知道。我一直在后台睡到早晨，一直等着银子。”

从床上滚下来，一直撅着屁股、裸着膝盖颤抖不止的花子，这时径直爬过地板，将跟床一起打湿了的白色药粉捏了起来。

蝶子见此情形喊道：

“是她杀的，是花子这孩子。她在吸毒。”

“不是我。”花子声嘶力竭地哭喊着，以一副不共戴天的仇视的眼神直盯着木村：

“我要把你杀了。”

说着，花子像是要刺杀过去般用手直指着他。

周围死一样的沉寂。

在一片沉寂中，花子晃悠悠地爬到床上，钻到被子里面，紧抱着银子，然后立即厉声号啕起来。

“不成，花子，快分开，花子。”在绫子想分开紧搂着银子头部的花子的手时，与其说是从花子温暖的手臂，不如说是从银子冰冷的手臂，流淌出一股强烈的可怕的爱恋之情。

“有验尸的人吧?！”

“她真的死啦？真的没救了？活不过来了？”蝶子胆怯地凑上前来看。

可是，绫子好像对她的话置若罔闻：

“验尸官会怎样进行检验呢？”她像抓住救命稻草似的，声音颤抖着；从跟花子相对的一侧，她跟花子一样钻到床上，从银子的胸部至脚边，轻轻地抚摸着。当她明白银子全身上下整齐不乱时，她回忆起银子的睡姿总是如此妩媚。这时，她仿佛悟透了什么似的，沉浸于浓醇似血的爱怜之中，“哇”的一声紧搂住银子。

木村仿佛一具活着的僵尸凭壁而立。

房间里，只有白布窗帘明亮得特别醒目，晨光还未降临此处。

（1934—1936年）